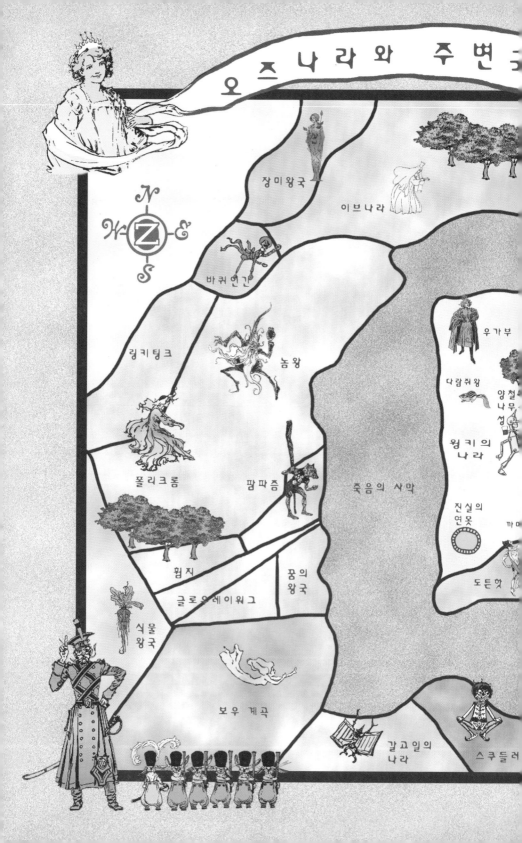

장미왕국

이브나라

바퀴인간

링키팅크

놈왕

우가부

다람쥐왕

양철나무꾼성

윙키의 나라

폴리크롬

팜파즘

죽음의 사막

진실의 연못

까

휨지

꿈의 왕국

도툰헛

글로우레이워그

식물왕국

보우 계곡

갈고일의 나라

스쿠들러

환상의 나라 오즈

L. 프랭크 바움 지음 / 최인자 옮김

문학세계사

THE MARVELOUS LAND OF OZ

L. Frank Baum

후편을 써주세요, 빗발친 편지

『오즈의 마법사』가 출간된 이후로 나는 몇몇 어린이들로부터 너무나 재미있게 그 책을 읽었으며 앞으로도 허수아비와 양철 나무꾼에 대해 계속 이야기를 써달라는 요청을 담은 편지를 받았습니다. 물론 그 요청이 아주 솔직하고 진실된 것이기는 했지만, 처음에 나는 그저 의례적인 칭찬의 말이라고 생각했습니다. 하지만 몇 달이 지나고 일 년이 넘도록 똑같은 내용의 편지들이 줄을 이었습니다.

마침내 나는 한 어린 소녀와 약속을 했습니다. 나를 만나기 위해 아주 먼 곳에서부터 찾아온 그 소녀 — 우연히도 소녀의 이름은 도로시였습니다 — 는 나에게 똑같은 부탁을 했고, 나는 천 명의 어린이들이 허수아비와 양철 나무꾼에 대한 이야기를 계속 써달라는 편지를 보낸다면 책을 쓰겠다고 약속한 것입니다. 어쩌면 그 도로시는 변장한 요정일지도 모릅니다. 그래서 마법의 지팡이를 휘둘러서 '오즈의 나라'에 살고 있는 새로운 친구들을 위한 자리를 만든 것인지도 모릅니다. 왜냐하면 그 후로 천 통의 편지가 도착했고, 그 이후로도 더 많은 편지가 쏟아졌기 때문입니다.

  비록 여러분들을 오랫동안 기다리게 만들기는 했지만, 나는 약속을 지켰고 여러분에게 이 책을 바칩니다.

시카고에서 프랭크 바움

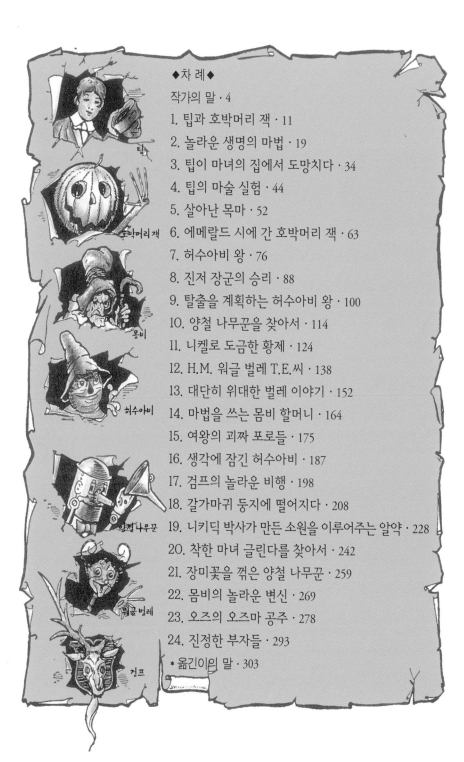

◆차 례◆

팁

호박머리 잭

몸비

허수아비

양철 나무꾼

뒤꿈 벌레

검프

1
팁과 호박머리 잭

오즈의 나라 북쪽에 있는 길리킨들의 나라에 팁이라고 하는 어린 소년이 살고 있었다. 사실 그의 진짜 이름은 좀 더 길었다. 소년을 돌보고 있는 몸비라는 할머니가 종종 주장하는 바에 따르면, 소년의 이름은 티페타리우스라고 했다. 하지만 아무도 그렇게 복잡한 이름을 사용하려고 하지 않았다. 그저 '팁'이라고만 불러도 아무런 문제가 없었기 때문이다.

이 소년에게는 부모에 대한 기억이 전혀 없었다. 아주 어

렸을 때, 몸비라고 하는 할머니의 손에 맡겨져서 지금까지
자라났다. 이렇게 말하기는 좀 미안하지만 이 몸비 할머니
의 평판은 그다지 좋지 않았다. 길리킨 사람들은 몸비가 마
법을 쓸 수 있다고 의심했다. 그래서 모두들 몸비와 가까이
지내는 것을 꺼렸다.

　몸비를 꼭 마녀라고 말할 수는 없었다. 길리킨들의 나라
를 다스리는 착한 마녀는 다른 마녀가 자기 땅 안으로 들어
오는 것을 절대로 금지하고 있었기 때문이다. 그러므로 팁
의 보호자인 이 늙은이는 아무리 마법을 부리고 싶어도 마
법사나 마술사가 될 수 없다는 사실을 잘 알고 있었다.

　팁은 날마다 숲으로 가서 나무를 해와야만 했다. 몸비는
그 나무로 커다란 솥에 죽을 끓이곤 했다. 팁은 또 옥수수
밭을 일구고 쟁기질을 하고 잡초를 뽑았다. 돼지를 먹이고
뿔이 네 개 달린 소의 젖을 짜는 것도 팁이 할 일이었다. 뿔
이 네 개 달린 이 소는 몸비의 특별한 자랑거리였다.

　그렇다고 해서 팁이 하루 종일 일만 했을 거라고 생각할
필요는 없다. 팁은 너무 힘들게 일을 하면 몸에 해롭다는
것을 잘 알고 있었다. 팁은 숲으로 나무를 하러 가면, 나무

위로 기어 올라가서 새알을 찾거나 하얀 토끼의 뒤를 쫓아 다니며 시간을 보냈다. 때론 시냇가에 앉아 구부러진 옷핀으로 낚시질을 하기도 했다. 이렇게 실컷 놀고 난 후에야 팁은 서둘러 나뭇가지를 모아 집으로 돌아갔다.

옥수수밭에서 일을 해야 할 때에는 키 큰 옥수수 줄기 사이에 몸을 숨긴 채, 두더쥐 굴을 파거나 옥수수 잎사귀 더미 위에 누워서 낮잠을 즐기기도 했다. 이런 식으로 너무 기운을 빼지 않고 놀면서 일을 한 덕분에 팁은 보통 소년들처럼 튼튼하고 씩씩하게 자라났다.

몸비 할머니의 신기한 마술은 종종 이웃 사람들을 놀라게 했다. 몸비의 이런 이상한 능력 때문에 이웃 사람들은 몸비를 멀리하고 두려워했다. 팁도 몸비를 매우 미워했다. 팁은 자신의 이런 감정을 애써 숨기려고 하지도 않았다. 사실 몸비가 팁의 보호자이며 나이 많은 노인이라는 것을 생각할 때, 가끔씩 팁의 행동이 지나칠 때도 있었다.

몸비는 옥수수밭

에 호박을 함께 심었었다. 초록색 옥수수 줄기 사이로 붉은 빛이 감도는 황금색 호박이 주렁주렁 탐스럽게 열려 있었다. 이 호박들은 겨울 동안 뿔이 네 개인 소에게 먹이기 위해 정성껏 기른 것이었다.

어느 날 옥수수를 모두 베어낸 팁은 잘 익은 호박들을 헛간으로 옮겨가고 있었다. 그때 문득 '호박머리 등불'을 만들어서 할머니를 깜짝 놀래주면 재미있겠다는 생각이 떠올랐다.

팁은 크고 잘 익은 호박 하나를 골랐다. 반짝반짝 윤이 나고 오렌지 빛깔이 나는 훌륭한 호박이었다. 팁은 날카로운 주머니칼로 조심스럽게 호박을 파기 시작했다. 우선 두 개의 둥근 눈을 만들고 삼각형 모양의 코를 새겼다. 그리고 초승달 모양의 입도 만들었다. 완성된 얼굴은 썩 아름답다고 말할 수는 없었지만, 활짝 웃는 미소 때문에 상당히 유쾌하게 보였다. 팁은 자신이 만든 작품을 보고 낄낄거리며 만족스럽게 웃었다.

팁에게는 친구가 한 명도 없어서 보통 아이들이 호박머리 등불을 만들기 위해서 어떻게 호박 안을 파내는지 그 방법을 알 수가 없었다. 호박 속을 모두 파내고 그 안에 불 밝힌 촛불을 넣어두면 호박머리가 훨씬 더 무시무시하게 보이는 법이다. 하지만 팁은 혼자서 제법 그럴듯한 방법을 생각해 내었다. 사람의 몸과 같은 형태를 만들고 그 위에 호박머리를 올려놓기로 한 것이다. 그리고 몸비 할머니가 정면으로 부딪칠 만한 장소에 그것을 세워놓을 계획이었다.

"그렇게 되면……."

팁은 킬킬거리며 혼자 중얼거렸다.

"몸비 할머니는 꼬리를 잡힌 갈색 돼지보다 더 시끄럽게 꽥꽥거리겠지. 아마 완전히 겁에 질려서 작년에 내가 전염병에 걸렸을 때보다 심하게 몸을 부들부들 떨 거야!"

그 일을 끝내기 위한 시간은 충분했다. 몸비가 식료품을 사기 위해 멀리 읍내로 떠났기 때문이었다. 집으로 돌아오려면 적어도 이틀은 걸릴 것이다.

팁은 도끼를 들고 숲 속으로 들어갔다. 제일 먼저 굵직하고 곧게 뻗은 단풍나무를 골라서 베어낸 다음, 잔 가지와 잎사귀를 모두 잘라냈다. 그런 다음 나무를 깎아 다리와 발을 만들었다. 몸통을 만들기 위해서는 커다란 떡갈나무의 두꺼운 껍질을 벗겨냈다. 팁은 갖은 노력 끝에 원통의 양쪽 가장자리를 나무 못으로 고정시켜서 적당한 크기의 몸통모양을 완성했다.

팁은 신나게 휘파람을 불며 열심히 일했다. 원통 모양의 몸통에 나무못을 박아 두 팔과 다리를 단단히 붙이고 주머니칼로 모양을 다듬었다.

발이 완성될 무렵이 되자, 벌써 주위에 어둠이 깔리기 시작했다. 팁은 소의 젖을 짜고 돼지들에게 먹이를 주어야 한다는 생각이 떠올랐다. 그래서 나무 인형을 집어들고 집으로 돌아왔다.

저녁 내내 팁은 부엌 아궁이 앞에 앉아서 꼼꼼한 솜씨로 발과 다리의 연결 부분을 다듬고 거친 부분을 말끔히 손질했다. 그런 다음 나무 인형을 벽 앞에 세워 놓고 흐뭇한 눈으로 바라보았다. 나무 인형은 어른이 보기에도 지나치게 큰 것 같았다. 하지만 어린 소년의 눈에는 그 점이 특히 훌륭한 것처럼 보였으므로 인형의 크기에 대해서는 조금도 불만이 없었다.

다음날 아침이 되어 다시 한번 자신의 작품을 살펴보던 팁은 깜박 잊고 인형에게 목을 만들어주지 않았다는 사실을 깨달았다. 목이 있어야 호박머리를 몸과 연결할 수가 있었다.

팁은 다시 숲으로 갔다. 숲은 팁이 살고 있는 집에서 그다지 멀지 않았다. 나무 한 그루를 베어 몇 개의 나무토막으로 잘라낸 팁은 다시 집으로 돌아왔다. 그리고 나무 몸통의 제일 윗부분에 십자 모양의 홈을 파고 구멍을 내어 목을 똑바로 끼워넣었다. 목의 다른 한쪽 끝은 뾰족하게 다듬어 놓았다.

모든 준비가 끝나자, 팁은 호박머리를 뾰족한 목 위에 찔러 넣었다. 머리는 아주 꼭 들어맞았을 뿐 아니라 팁이 원하는 대로 머리를 이쪽저쪽으로 돌릴 수도 있었다. 팔과 다리에도 연결 마디가 있어서 어떤 자세든 다 취할 수가 있었다.

"이제 아주 훌륭한 모습이 되었군."

팁이 자랑스럽게 말했다.

"몸비 할머니가 보면 너무 놀라서 비명을 지르고 난리를
칠 거야. 여기에다 옷까지 입혀놓으면 훨씬 더 그럴듯하게
보이겠지."

호박 인형에게 입힐 옷을 찾는 것은 쉬운 일이 아니었나.
팁은 용감하게도 몸비가 소중히 여기는 보물과 온갖 귀중
품들이 들어 있는 커다란 궤짝 안까지 샅샅이 뒤졌다. 그리
고 맨 밑바닥에서 보라색 바지와 붉은색 셔츠 그리고 하얀
점이 찍힌 분홍색 조끼를 발견했다.

팁은 이 옷을 가지고 자신이 만든 호박 인형에게로 달려
갔다. 비록 옷이 꼭 맞는 것은 아니었지만, 그럭저럭 인형
에게 옷을 입히는 데 성공했다. 마침내 손으로 뜬 몸비의
양말과 낡아빠진 팁의 신발까지 신겨놓고 보니, 사람과 아
주 비슷하게 보였다. 팁은 너무나 기쁜 나머지 펄쩍펄쩍 뛰
며 큰 소리로 웃어댔다.

"이 녀석에게 이름을 지어 줘야지!"

팁은 큰소리로 말했다.

"이렇게 사람과 비슷하게 생긴 인형에게는 반드시 이름이
있어야만 해."

잠시 곰곰이 생각하던 팁은 박수를 치며 소리쳤다.

"앞으로 이 녀석의 이름은 호박머리 잭이야!"

2
놀라운 생명의 마법

오랜 궁리 끝에 팁은 호박머리 잭을 집에서 조금 떨어진
길모퉁이에 세워놓는 것이 가장 좋겠다는 결정을 내렸다.
팁은 호박머리 잭을 그곳으로 운반하기 시작했다. 하지만
생각보다 잭이 너무 무거워서 뜻대로 움직여 주지 않았다.
간신히 잭을 몇 걸음 끌고 간 팁은 이번에는 잭을 똑바로
세워놓고 한쪽 다리를 구부렸다 펴고 또 다른 한쪽 다리를
구부렸다 펴는 방법으로 마치 잭이 걸어가듯이 운반하기로
했다. 그것도 결코 쉬운 일은 아니었다. 팁은 숲에서 나무

를 할 때나 밭에서 일을 할 때보다도 훨씬 더 힘이 들었다. 하지만 장난을 좋아하는 팁은 별로 지치는 줄도 몰랐다. 게다가 자신이 만든 작품이 얼마나 잘 움직이는가를 시험하는 일은 아주 즐거웠다.

"잭은 완벽하군. 아주 멋지게 움직이는데!"

팁은 땀을 뻘뻘 흘리고 숨을 헐떡이면서도 감탄을 하면서 바라보았다. 바로 그 순간 호박머리 잭의 왼쪽 팔이 어딘가에서 떨어져버린 것을 발견했다. 팁은 재빨리 되돌아가서 팔을 찾아내었다. 그리고 더 굵은 나무못으로 팔과 어깨를 연결했다. 얼마나 완벽하게 고쳐 놓았는지 팔은 이전보다 훨씬 더 튼튼해졌다. 팁은 잭의 호박머리가 등뒤로 돌아가 있는 것을 발견했으나 곧 고칠 수가 있었다.

마침내 호박머리 잭은 길모퉁이에 딱 버티고 앉아 있게 되었다. 머지 않아 몸비 할머니가 나타날 것이다. 잭의 모습은 너무나 그럴 듯해서 마치 길리킨 농부처럼 보였다. 아무 생각 없이 잭과 마주친 사람은 그 기괴한 모습에 기절할 듯이 놀랄 것이다.

몸비가 집으로 돌아오기에는 아직 이른 시간이었다. 몸비를 기다리는 동안 팁은 농장 아래쪽에 있는 계곡으로 내려가 나무에서 떨어진 도토리와 열매들을 줍기 시작했다.

이 날 따라 몸비는 평소보다 일찍 집으로 돌아왔다. 산 속의 외딴 동굴에서 살고 있는 꼬부라진 늙은 마법사를 만나서 몇 가지 중요한 마법의 비밀을 교환하고 오는 길이었다. 몸비는 새로운 세 가지 비법과 네 가지 마법약과 놀라운 효과를 지닌 약초를 조심스럽게 들고 서둘러 집으로 걸어가고 있었다. 한시라도 빨리 새로운 마법을 시험해 보고 싶었다.

몸비의 머리 속은 온통 새로 손에 넣은 보물에 대한 생각뿐이었다. 그러므로 모퉁이를 돌아 사람의 모습을 보았을 때에도 몸비는 그저 고개를 끄덕이며 태연하게 인사를 던졌다.

"안녕하시오?"

하지만 상대방이 아무런 대답도 하지 않고 꼼짝도 하지 않자, 몸비는 날카로운 눈으로 그 사람의 얼굴을 자세히 살펴보았다. 그리고 그것이 팁이 주머니칼로 정교하게 새겨 놓은 호박머리라는 것을 알아차렸다.

"흥!"

몸비는 가소롭다는 듯이 콧방귀를 뀌었다.

"그 한심한 녀석이 또다시 못된 장난을 해놓았구나! 좋아! 좋다구! 이런 식으로 나를 겁주려고 하다니, 이번에는 흠씬 패주고 말 테다."

몹시 화가 난 몸비는 지팡이를 번쩍 들어서 호박머리를 박살내려고 했다. 하지만 갑자기 몸비는 지팡이를 높이 치켜든 채, 꼼짝도 하지 않았다. 뭔가 좋은 생각이 떠올랐던 것이다.

"그래, 이번이야말로 나의 새로운 마법약을 시험해 볼 수 있는 좋은 기회야!"

몸비는 신이 나서 말했다.

"이제야 그 꼬부라진 영감탱이가 제대로 마법의 비밀을 알려줬는지 아니면 내가 그 영감을 속인 것처럼 나를 속였는지 알 수 있겠군."

몸비는 바구니를 내려놓고 자신이 오늘 손에 넣은 귀중한 마법의 가루를 찾았다.

몸비가 이 일에 정신을 팔고 있는 동안, 팁은 호주머니에 나무열매를 잔뜩 넣고 어슬렁거리며 돌아왔다. 팁은 몸비 할머니가 전혀 무서워하는 기색도 없이 자신이 만든 호박 머리 잭 옆에 서 있는 것을 발견했다.

처음에 팁은 몹시 실망스러웠다. 하지만 다음 순간 도대체 몸비가 무슨 일을 하려는 것인지 잔뜩 호기심이 생겼다. 팁은 울타리 뒤에 몸을 숨기고 몸비를 지켜보았다.

한동안 바구니 안을 뒤적거리던 몸비는 낡은 후추 상자를 꺼냈다. 누렇게 변해버린 상자에는 연필로 이렇게 적혀 있었다.

〈생명의 마법 가루〉

"오, 바로 여기 있었군!"

몸비는 기쁨에 가득 차서 소리쳤다.

"어디, 이 약이 과연 효과가 있는지 한번 볼까? 그 구두쇠 영감이 아주 조금밖에 주지 않았지만 두 번이나 세 번 정도는 사용할 수 있을 것 같군."

이 말을 엿들은 팁은 무척 놀랐다. 그리고 늙은 몸비가 팔을 들고 상자에 든 가루를 호박머리 잭 위에 뿌리는 광경을 지켜보았다. 몸비는 마치 구운 감자 위에 후추를 뿌리는 것처럼 행동했다. 가루는 잭의 머리와 붉은 셔츠와 분홍색 조끼와 보라색 바지 위에 떨어졌다. 심지어 낡고 누덕누덕한 신발 위에도 내려앉았다.

후추 상자를 다시 바구니 속에 집어넣은 몸비는 왼쪽 손을 높이 들고 새끼손가락으로 위를 가리켰다. 그리고 소리쳤다.

"워프!"

몸비는 다시 오른손을 높이 들고 엄지손가락으로 위를 가리켰다. 그리고 소리쳤다.

"티프!"

이제 몸비는 양손을 높이 들고 손가락을 모두 편 채, 소리쳤다.

"퍼프!"

이 말이 끝나자, 호박머리 잭이 한 걸음 뒤로 물러서면서 짜증스러운 목소리로 투덜거렸다.

"소리 좀 지르지 마세요! 제가 귀머거린 줄 아세요?"

늙은 몸비는 미친 듯이 기뻐하며 펄쩍펄쩍 춤을 추었다.

"살아났어! 살았다구!"

몸비는 지팡이를 허공에 높이 던졌다가 다시 받기도 하고 양쪽 팔로 자신을 껴안기도 하다가 두 다리를 번쩍 들면서

춤을 추기도 했다. 그 동안에도 연신 똑같은 말을 되풀이했다.

"살았어! 살았어! 살았다구!"

여러분들은 팁이 얼마나 놀란 눈으로 이 광경을 지켜보았을지 충분히 상상할 수 있을 것이다.

처음에 팁은 너무 무섭고 두려워서 달아나고 싶었다. 하지만 다리가 와들와들 떨려서 꼼짝도 할 수 없었다. 그때 호박머리 잭이 살아서 움직이는 모습이 너무나 우습다는 생각이 들었다. 특히 호박머리에 떠오른 표정이 너무나 우스꽝스럽고 이상해서 자꾸만 웃음이 터져나왔다. 마침내 처음의 두려움이 어느 정도 사라지자, 팁은 큰소리로 웃기 시작했다. 깔깔거리는 웃음소리는 몸비의 귀에까지 들렸다. 몸비는 재빨리 울타리로 달려와 팁의 목덜미를 움켜쥐더니 호박머리 잭이 있는 길모퉁이까지 끌어냈다.

"이 말썽꾸러기! 고약하고 못된 놈 같으니라구!"

몸비는 잔뜩 화가 나서 욕설을 퍼부었다.

"내 비밀을 엿보고 나를 조롱하면 어떻게 되는지 가르쳐주겠다!"

"할머니를 보고 웃은 게 아니에요."

팁이 고개를 저었다.

"나는 저 호박머리를 보고 웃은 거라구요! 저것 좀 보세요! 정말 웃기게 생겼잖아요?"

"미안하지만 내 개인적인 외모에 대해서 함부로 말하지

않았으면 좋겠구나."

호박머리 잭이 팁에게 말했다. 하지만 활짝 미소를 띤 입 모양을 한 채, 심각하고 정중한 목소리로 말하는 잭의 모습이 너무나 우스꽝스러워서 팁은 또다시 한바탕 웃음을 터뜨리고 말았다.

사실 몸비 할머니도 자신이 마법으로 생명을 불어넣은 이 존재에 대해 호기심이 전혀 없는 것은 아니었다. 한동안 잭을 자세히 살펴본 몸비가 물었다.

"도대체 네가 알고 있는 게 뭐냐?"

"글쎄요, 뭐라고 말씀드리기가 어렵군요."

잭이 대답했다.

"제 자신은 엄청나게 많은 것을 알고 있는 것 같기는 한데, 도대체 이 세상에 알아야 할 것이 얼마나 더 많이 있는지 알 수가 있어야 말이지요. 그러니까 제가 아주 똑똑한지 혹은 멍청한지 알아내려면 시간이 좀 걸릴 것 같군요."

"그건 그렇구나."

몸비가 고개를 끄덕였다.

"이제 이 살아 있는 호박머리를 어떻게 하실 건가요?"

팁이 아주 궁금하다는 표정을 지었다.

"그 문제에 대해서는 좀더 생각해 봐야겠다."

몸비도 난처한 얼굴이었다.

"어쨌든 지금은 당장 집으로 돌아가야겠구나. 벌써 어두워지고 있어. 호박머리가 걸어가는 걸 도와주거라."

"제 걱정은 하지 마세요."

잭이 자신만만하게 말했다.

"저도 여러분들처럼 잘 걸을 수가 있으니까요. 제가 다리가 없나요, 발이 없나요? 이렇게 관절도 있잖아요?"

"정말 그런가?"

몸비가 팁을 돌아다보며 물었다.

"그렇고말고요. 제가 직접 만들었는걸요."

소년은 자랑스럽게 대답했다. 그들은 집을 향해 걸어가기 시작했다. 농가 마당에 들어서자, 늙은 몸비는 호박머리 잭을 외양간으로 데리고 가서 비어 있는 우리 안에 가두었다. 그리고 헛간 문을 밖에서 단단히 잠갔다.

"먼저 너와 할 이야기가 있다."

몸비는 팁을 향해 고개를 까딱했다. 이 말을 듣자, 소년은 왠지 불길한 생각이 들었다. 몸비가 얼마나 고약하고 못된 성질을 가졌는지, 그리고 어떤 나쁜 짓이라도 서슴지 않고 한다는 것을 잘 알고 있었기 때문이었다.

두 사람은 집 안으로 들어갔다. 그 집은 오즈의 나라에 있는 다른 농가들처럼 둥근 지붕이 씌워져 있었다.

몸비는 소년에게 촛불을 가져오라고 시켰다. 그리고 바구니를 선반 위에 올려놓고 망토를 못에 걸었다. 팁은 재빨리 시키는 대로 했다. 몸비가 두려웠기 때문이었다.

초에 불을 붙인 몸비는 팁에게 벽난로에 불을 피우라고 명령했다. 팁이 불을 피우는 동안 노파는 저녁 식사를 했

다. 불꽃이 활활 타오르기 시작하자, 팁은 몸비에게 달려와 빵과 치즈를 좀 달라고 했다. 하지만 몸비는 딱 잘라 거절했다.

"할머니, 저도 배가 고파요!"

팁이 퉁명스럽게 소리쳤다.

"좀 있으면 배가 고프지 않을 거야."

몸비는 싸늘한 표정을 지으며 대답했다. 팁에게는 이 말이 매우 무섭게 들렸다. 왠지 위협 같았기 때문이다. 문득 호주머니 속에 든 나무열매를 기억하고 팁은 열매를 깨물어 먹었다.

한편 자리에서 일어난 몸비는 앞치마에 떨어진 빵 부스러기를 털어내고 벽난로에 검은색의 작은 솥을 걸었다.

몸비는 똑같은 분량의 우유와 식초를 솥에 부었다. 그런 다음 몇 가지 풀과 가루를 꺼내어 솥에 넣고 섞기 시작했다. 이따금씩 몸비는 촛불 가까이 다가와서 노란 종이에 적힌 방법을 읽어보곤 했다.

몸비의 행동을 지켜보던 팁은 점점 더 불안한 생각이 들었다.

"지금 뭘 하시는 거죠?"

마침내 팁이 물었다.

"널 위해서야."

몸비가 짤막하게 대답했다. 팁은 의자 위에 쪼그리고 앉아서 한동안 솥을 바라보았다. 마침내 솥에 든 액체가 부글

부글 끓기 시작했다. 팁은 쌀쌀맞고 주름살이 진 마녀의 얼굴을 쳐다보며 이 어둡고 연기나는 부엌만 아니라면 이 세상 어느 곳에 있어도 좋을 거라고 생각했다. 벽 위로 길게 던져지는 촛불의 그림자마저 무시무시한 분위기를 한층 더해 주었다.

어느덧 한 시간이 흘렀다. 부글부글 끓는 소리와 탁탁거리는 불꽃 소리만이 이따금씩 무거운 침묵을 깨뜨렸다.

마침내 팁이 또다시 입을 열었다.

"저걸 제가 마셔야 하나요?"

팁이 턱으로 솥을 가리켰다.

"그래."

몸비가 대답했다.

"저걸 먹으면 어떻게 되죠?"

"제대로 만들어지기만 한다면……."

몸비가 싸늘한 목소리로 말했다.

"너는 대리석 동상으로 변해버릴 거다."

팁은 신음소리를 내며 이마에 흐르는 땀을 소매로 닦았다.

"저는 대리석 동상이 되고 싶지 않아요!"

팁이 외쳤다.

"뭐야? 싫다고? 그래도 상관없어. 나는 네가 대리석 동상이 되기를 원하니까 말이다."

노파가 무시무시한 눈길로 팁을 노려보았다.

"그렇게 되면 무슨 소용이 있겠어요?"

팁이 애원하듯이 말했다.

"당신을 위해 일해 줄 사람도 없잖아요."

"호박머리가 대신 일해 주면 돼."

몸비의 말을 듣자, 팁의 입에서는 또다시 신음소리가 흘러 나왔다.

"차라리 나를 염소나 닭이 되게 하지 그러세요? 대리석 동상으로 뭘 하겠어요?"

"아니다. 할 일이 있지."

몸비는 태연하게 대답했다.

"내년 봄이 되면 정원에 꽃을 심을 거야. 그리고 정원 한가운데 너를 장식품으로 세워 놓겠다. 왜 지금까지 그런 생각을 하지 못했는지 몰라. 정말 오랫동안 너는 나의 골칫거리였는데 말이야."

이 무시무시한 말을 듣자, 팁은 등줄기가 서늘해지고 머리카락이 쭈뼛 서는 것 같았다. 하지만 두려움을 꾹 참으며 의자에 꼼짝하지 않고 앉아서 부글부글 끓는 솥을 가만히 노려보았다.

"어쩌면 아무 효력이 없을지도 몰라요."

팁은 잔뜩 풀이 죽은 목소리로 힘없이 중얼거렸다.

"아니야. 틀림없이 효과가 있을 거다."

몸비가 의기양양하게 대답했다.

"나는 실수를 하는 법이 없으니까 말이다."

또다시 침묵이 이어졌다. 한동안 숨이 막힐 듯이 무거운 침묵이 계속되더니 마침내 몸비가 벽난로에서 솥을 들어올렸다. 시간은 자정에 가까워져 있었다.

"완전히 식을 때까지 기다려야겠구나."

늙은 마녀가 말했다. 비록 법으로 금지된 일이기는 했지만, 몸비는 마법을 쓰고 있었다.

"이제 그만 잠자리에 들자꾸나. 내일 날이 밝으면 너를 부르마. 그리고 즉시 너를 대리석 동상으로 만드는 일을 끝낼 거야."

몸비는 아직도 뜨거운 김이 솟아오르는 솥을 들고 자기 방으로 들어갔다.

잠시 후에 문을 닫고 잠그는 소리가 들렸다.

하지만 팁은 잠자리에 들지 않았다. 팁은 서서히 꺼져가는 장작불을 가만히 노려보고 앉아 있었다.

3
팁이 마녀의 집에서 도망치다

팁은 곰곰이 생각했다.

'대리석 동상이 되어야 한다니 그건 너무 심한 일이야.'

팁은 더 이상 가만히 있어서는 안된다는 생각이 들었다.

'이대로 당할 수는 없어. 몸비 할머니는 오랫동안 내가
골칫거리였다고 말했지. 그런 걸 보면 어떤 수를 써서라도
나를 없애버리려고 할 거야. 좋아! 어디를 가더라도 동상이
되는 것보다는 낫겠지. 나처럼 어린 소년이 평생 정원 한가
운데 서 있어야 하다니! 차라리 달아나겠어. 저 마녀가 솥

에 든 이상한 죽을 강제로 먹이기 전에 달아나야만 해.'

팁은 마녀의 코고는 소리가 계속될 때까지 가만히 기다렸다. 그것은 마녀가 깊이 잠들었다는 신호였다. 그런 다음 살며시 자리에서 일어나서 선반으로 다가갔다. 뭔가 먹을 것을 찾기 위해서였다.

"먹을 것도 없이 먼 여행을 떠날 수는 없지."

팁은 좁은 선반 위를 구석구석 살펴보았다. 선반 위에는 작은 빵조각이 남아 있을 뿐이었다. 팁은 몸비가 읍내에서 사온 치즈를 찾기 위해 몸비의 바구니를 뒤졌다. 바구니에 담긴 물건들을 하나 하나 살펴보던 팁은 〈생명의 마법 가루〉가 담긴 후추 상자를 발견했다. 팁은 생각했다.

'이걸 가져가는 게 좋겠어. 그렇지 않으면 몸비 할머니가 이걸 가지고 또 어떤 나쁜 짓을 할지 모르니까 말이야.'

팁은 빵과 치즈와 함께 후추 상자를 호주머니에 넣었다. 그리고 살금살금 조심스럽게 집을 빠져나왔다. 하늘에는 달과 별들이 환하게 빛나고 있었다. 일단 좁고 고약한 냄새가 나는 부엌을 벗어나고 보니, 너무나 평화롭고 아름다운 밤의 세계가 그에게 손짓하고 있었다.

"도망치길 잘했어! 난 그 늙은 할망구가 정말 싫었어. 어떻게 그런 못된 마녀와 지금까지 살았는지 몰라."

팁은 혼자서 중얼거렸다.

길을 향해 천천히 걸어가던 팁은 갑자기 발걸음을 멈추었다. 문득 한가지 생각이 떠올랐던 것이다.

"호박머리 잭을 그냥 두고 갈 수는 없어. 저 못된 몸비 할머니의 손에 맡길 수는 없지."

팁은 중얼거렸다.

"잭은 내거야. 내가 만들었으니까 말이야. 비록 잭에게 생명을 준 것은 늙은 마녀이지만……."

팁은 외양간으로 살금살금 다가갔다. 그리고 호박머리 잭이 갇혀 있는 우리의 문을 열었다. 잭은 우리 한가운데 우뚝 서 있었다. 달빛을 통해 팁은 여전히 아주 즐거운 듯이 활짝 미소 짓고 있는 잭의 얼굴을 볼 수 있었다.

"빨리 와!"

팁이 손짓했다.

"어디로 가는데요?"

"곧 알게 될 거야."

팁은 호박머리 잭을 보며 다정한 미소를 지었다.

"어쨌든 지금은 빨리 달아나야만 해."

"알겠습니다."

잭은 어기적거리는 걸음걸이로 외양간을 걸어나와 달빛이 쏟아지는 마당으로 나왔다. 팁이 길을 향해 걸어가자, 잭도 뒤따라왔다. 잭의 걸음걸이는 마치 절름발이 같았다. 이따금씩 다리의 연결 부분이 앞으로 구부러지는 대신 뒤로 돌아가서 땅에 쓰러지기도 했다. 하지만 잭은 곧 이 사실을 깨닫고 조금 더 조심스럽게 걸음을 옮겨서 차츰 넘어지는 일이 없게 되었다.

팁은 잭과 함께 쉬지 않고 길을 따라 앞으로 걸어갔다. 비록 빨리 달려갈 수는 없었지만, 부지런히 걸음을 옮겼다. 달이 서서히 지고 언덕 위로 태양이 솟아오르기 시작할 무렵이 되자, 팁은 더 이상 늙은 마녀가 뒤쫓아올 것을 걱정하지 않아도 좋겠다고 생각했다. 게다가 팁은 이리서리 길을 바꿔가면서 걸어왔기 때문에, 설사 누군가 그들의 뒤를 따라온다고 하더라도 그들이 어느 길로 갔는지, 또 어디에 있는지를 찾아내기란 무척 어려울 것이었다.

적어도 한동안은 대리석 동상이 될 위험에서 벗어났다고 생각한 팁은 비로소 걸음을 멈추고 길가에 있는 커다란 돌 위에 주저앉았다.

"잠깐 아침을 먹자."

팁이 말했다. 하지만 호박머리 잭은 팁이 먹는 것을 흥미롭게 지켜보기만 할 뿐, 함께 먹는 것은 거절했다.

"아마 나는 당신과는 다르게 만들어진 것 같습니다."

"물론 그건 나도 알아. 내가 널 만들었는걸."

"그런가요? 당신이 날 만들었다구요?"

잭이 물었다.

"그렇고말고. 너의 몸을 만들고 네 눈과 코와 입을 새긴 것도 바로 나야."

팁은 자랑스럽게 설명했다.

"너에게 옷을 입힌 것도 말이야."

잭은 자신의 몸과 팔다리를 자세히 살펴보았다.

"솜씨가 아주 좋은 것 같군요."

잭이 한 마디 했다.

"그저 그렇지 뭐."

팁이 겸손하게 대답했다. 왜냐하면 자신이 만들어 놓은 작품 여기저기에 결함이 있다는 것을 발견하기 시작했기 때문이었다.

"우리 둘이서 이렇게 여행을 떠나게 될 줄 알았다면 좀더 꼼꼼하게 만들었을 텐데 말이야."

"그렇군요!"

갑자기 호박머리 잭이 깜짝 놀란 듯이 소리쳤다.

"그렇다면 당신이 바로 나의 창조자군요. 나의 부모, 나의 아버지라구요!"

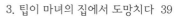

"너를 만든 발명가라고 할 수 있겠지."

팁이 깔깔 웃으며 대답했다.

"나는 당신의 명령에 기꺼이 복종하겠습니다. 당신은 나의 주인입니다. 나를 돌봐주십시오."

"좋아! 바로 그거야. 그럼 이제 다시 떠나자."

"우리는 어디로 가는 거죠?"

함께 길을 걸어가며 잭이 물었다.

"나도 잘 모르겠어 어쨌든 우리는 지금 남쪽을 향해 가고 있는 것 같으니까 머지 않아 에메랄드 시에 도착할 거야."

"에메랄드 시가 어떤 곳인데요?"

"그곳은 오즈의 나라 한가운데 있어. 그리고 이 나라 안에서 가장 큰 도시이기도 하지. 사실 나도 가 본 적은 없어. 하지만 이야기는 많이 들었지. 그 도시는 오즈라고 불리우는 위대하고 훌륭한 마법사가 지었어. 그 도시 안에 있는 것은 모두 초록색이야. 길리킨 나라에 있는 것이 모두 보라색인 것처럼 말이야."

"이곳에 있는 게 모두 보라색이란 말인가요?"

잭이 놀라운 듯이 물었다.

"물론이지. 네 눈에는 안 보이니?"

"아마 나는 색맹인가봐요."

호박머리 잭이 주위를 둘러보며 말했다.

"그래, 풀도 보라색이고 나무도 보라색이고 집과 담들도 모두 보라색이야. 심지어 길에 깔린 진흙까지도 보라색이야. 하지만 에메랄드 시에서는 이곳에서 보라색인 것이 모두 초록색이라고 하더군. 동쪽에 있는 뭉크킨의 나라에서는 모든 것이 파란색이고 남쪽에 있는 쿼들링의 나라에서는 모든 것이 붉은색이야. 양철 나무꾼이 다스리고 있는 윙키의 나라에서는 모두 다 노란색이고 말이야."

"세상에! 지금 양철 나무꾼이 윙키의 나라를 다스리고 있다고 말했나요?"

잭이 황급히 물었다.

"그래. 그는 도로시가 서쪽 나라의 나쁜 마녀를 없애버릴 때 도와주었던 친구들 중의 하나였어. 윙키들은 너무나 고마운 나머지 나무꾼에게 자신들의 왕이 되어달라고 부탁했지. 에메랄드 시의 사람들이 허수아비를 왕으로 삼은 것처럼 말이야."

"오, 이런! 이야기를 들으면 들을수록 머리 속이 복잡해지는군요. 도대체 허수아비는 또 누군가요?"

호박머리 잭이 소리쳤다.

"도로시의 또 다른 친구야."

팁이 설명했다.

"그럼 도로시는 누군데요?"

"도로시는 이 나라 밖에 있는 캔자스라고 하는 아주 큰 마을에서 날아온 소녀야. 회오리바람을 타고 오즈의 나라에 온 거지. 도로시가 이곳에 있는 동안, 허수아비와 양철 나무꾼이 함께 여행을 다녔어."

"도로시는 지금 어디 있죠?"

호박머리가 물었다.

"퀴들링들을 다스리는 착한 마녀 글린다가 도로시를 다시 고향으로 보내주었어."

"그럼 허수아비는 어떻게 되었나요?"

"벌써 말했잖아. 에메랄드 시를 다스리고 있다고."

"하지만 조금 전에 훌륭한 마법사가 에메랄드 시를 다스리고 있다고 말하지 않았나요?"

호박머리 잭은 점점 더 어리둥절한 표정을 지었다.

"그래, 그렇게 말했어. 잘 들어봐. 설명을 해줄게."

팁은 활짝 미소를 짓고 있는 호박머리 잭의 두 눈을 똑바로 바라보며 천천히 설명했다.

"도로시는 에메랄드 시로 가서 마법사에게 캔자스로 돌려보내 달라고 부탁했지.

허수아비와 양철 나무꾼도 함께 갔었어. 그런데 마법사는 도로시를 돌려보내주지 못했어. 왜냐하면 옛날처럼 그렇게 위대한 마법사가 아니었던 거야. 그래서 도로시와 친구들은 몹시 화가 나서 마법사의 정체를 폭로하겠다고 위협했어. 그래서 마법사는 커다란 풍선을 만들어서 도망치고 말았지. 그 이후로 마법사를 본 사람은 아무도 없어."

"그것 참 재미있는 이야기이군요."

잭은 아주 만족스러웠다.

"이제야 모든 걸 완벽하게 이해할 수 있겠어요."

"네가 그렇다니 나도 기뻐."

팁이 대답했다.

"마법사가 떠난 후에 에메랄드 시의 사람들은 허수아비를 왕으로 삼았지. 백성들이 모두 좋아한다고 하더구나."

"그럼 우리는 그 이상한 왕을 만나러 가는 건가요?"

"내 생각에는 그러는 게 좋을 것 같아. 물론 너에게 더 좋은 생각이 없다면 말이야."

"아니에요, 아버지."

호박머리가 손을 내저었다.

"저는 아버지가 가시는 곳이면 어디든지 기꺼이 따라가겠어요."

4
팁의 마술 실험

겉으로 보기에도 몸집이 작은 어린 소년이 자신보다 훨씬 크고 이상하게 생긴 호박머리 잭으로부터 '아버지'란 말을 듣자, 몹시 당황스러웠다. 하지만 호박머리에게 아버지란 말을 쓰지 말라고 하려면, 또다시 긴 설명을 해주어야만 할 것 같았다. 그래서 팁은 어색하게 화제를 다른 곳으로 돌렸다.

"피곤하지 않니?"

"조금도 피곤하지 않아요!"

호박머리가 대답했다.

"하지만……."

잠시 후에 잭이 다시 입을 열었다.

"이렇게 계속 걸어가면 내 다리의 나무 관절이 다 닳아버릴 거예요."

팁도 잭의 말이 맞다고 생각했다. 처음부터 호박머리 잭의 나무 관절을 좀더 꼼꼼하고 튼튼하게 만들지 않은 것이 몹시 후회스러웠다. 하지만 팁이 어떻게 알았겠는가? 그는 단지 몸비 할머니를 골려주기 위해서 잭을 만들었을 뿐인데, 몸비가 다 낡은 후추 상자에 든 마법의 가루를 가지고 잭에게 생명을 불어넣으리라고는 상상도 하지 못했다.

팁은 더 이상 자책하지 않기로 했다. 그 대신 잭의 약한 관절을 고칠 수 있는 방법을 궁리하기 시작했다.

이런 생각에 잠긴 채, 그들은 숲의 가장자리에 다다랐다. 팁은 잠시 걸음을 멈추고 나무꾼들이 톱질을 하기 위해 걸쳐 놓은 나무토막 위에 걸터앉았다.

"너는 왜 계속 서 있는 거지?"

"앉으면 제 관절이 망가지지 않을까요?"

"그렇지 않아. 오히려 좋을 거야."

팁의 말을 듣자, 잭은 바닥에 앉으려고 했다. 하지만 잭이 보통때보다도 훨씬 심하게 다리를 구부리자, 연결된 부분이 탁 접혀지면서 땅바닥에 털썩 쓰러지고 말았다. 어찌나 요란한 소리를 내며 쓰러지던지 팁은 잭이 완전히 망가지는 것은 아닌가 걱정될 정도였다.

팁은 쏜살같이 자리에서 일어나 잭에게 달려갔다. 그리고 땅에 쓰러진 잭을 일으켜 세우고 팔과 다리를 똑바로 펴주었다. 팁은 혹시라도 잭의 머리에 금이 가지나 않았을까 이리저리 살펴보았다. 다행히도 잭은 다친 곳이 없는 것 같았다. 팁이 잭에게 말했다.

"너는 그냥 서 있는 편이 좋겠다. 그게 제일 안전한 방법인 것 같아."

"좋아요, 아버지. 말씀대로 할게요."

얼굴에 미소를 띤 잭이 대답했다. 잭은 그렇게 넘어지고도 별로 놀란 것 같지 않았다.

팁은 다시 나무토막 위에 걸터앉았다. 잠시 후에 호박머리 잭이 물었다.

"지금 깔고 앉아 있는 그게 뭐죠?"

"아, 이건 말이야."

팁은 아무렇게나 대답했다.

"말이라는 것이 뭐죠?"

"말이 뭐냐구? 글쎄, 세상에는 두 가지 말이 있지."

팁은 뭐라고 설명하기가 약간 난처한 기색이었다.

"하나는 살아 있는 말이야. 네 개의 다리와 머리 하나, 꼬리 하나를 가지고 있지. 사람들은 그 등에 올라타고 달린단다."

"알겠어요."

잭이 즐거운 목소리로 대답했다.

"아버지가 타고 있는 그것이 바로 말이라는 것이군요."

"아니, 아니야."

"아니라고요? 왜죠? 다리가 네 개이고 머리에다 꼬리도 있는데."

팁은 나무토막을 좀더 자세하게 살펴보았다. 그리고 호박 머리 잭의 말이 맞다는 것을 깨달았다. 팁이 걸터앉은 굵은 나무줄기는 말의 몸통이었다. 그리고 제일 끝에 삐죽이 나온 가지는 마치 꼬리처럼 보였다. 반대편에는 눈처럼 보이는 두 개의 커다란 옹이가 튀어나와 있었고 그 밑에는 마치 말의 입처럼 보이는 도끼질 자국이 있었다. 말의 다리는 나뭇가지를 잘라서 몸통에 끼워 놓은 네 개의 나무토막이었다. 이렇게 나무토막을 받쳐서 장작을 올려놓고 톱질을 하는 것이다.

"이건 내가 생각했던 것보다 훨씬 더 진짜 말과 비슷하게 생겼는데."

팁이 입을 열었다.

"하지만 진짜 말은 살아서 걷기도 하고 귀리도 먹고 울기도 한단 말이야. 그런데 이건 죽은 말과 다를 바가 없잖아. 나무로 만든 데다가 톱질할 때 사용하기 위한 거라구."

"만약 이것이 살아 있다면, 이것도 달리거나 먹이를 먹고 울지 않을까요?"

"어쩌면 달리거나 울지는 모르지. 하지만 귀리를 먹지는 못할 거야."

팁은 잭의 엉뚱한 상상에 깔깔거리며 웃었다.

"물론 이것이 살아날 리는 없어. 나무로 만들어졌으니까."

"하지만 나도 나무로 만들어졌는걸요."

팁은 두 눈이 휘둥그래져서 잭을 바라보았다.

"네 말이 맞아!"

팁은 소리쳤다.

"너를 살아나게 한 그 마법의 가루가 바로 내 호주머니 속에 있지."

팁은 후추 상자를 꺼내어 흥미로운 눈으로 살펴보았다.

"몹시 궁금한데! 과연 이 가루가 목마를 살아나게 할 수 있을까?"

"그렇게 되면, 나는 이 말을 타고 다닐 수 있을 거예요."

잭은 아주 태연하게 말했다. 그에게는 이 세상 어떤 일도 전혀 놀라운 일이 아닌 것처럼 보였다.

"내 관절이 닳아 없어지는 것도 막을 수 있고요."

"한번 해보자!"

팁은 이렇게 소리치며 벌떡 일어났다.

"하지만 몸비 할머니가 뭐라고 중얼거렸는지 잘 기억이 나지 않는걸. 손도 높이 쳐들고 어떻게 했는데……."

팁은 한동안 기억을 떠올리기 위해 애를 썼다. 다행히도 울타리 뒤에 숨어서 늙은 마녀가 하는 행동과 말들을 주의

깊게 살펴보았기 때문에, 팁은 몸비가 했던 말과 행동을 그대로 따라할 수 있을 것 같았다.

팁은 후추 상자에 담긴 생명의 마법 가루를 목마 위에 뿌렸다. 그리고 새끼손가락을 세운 채, 왼쪽 손을 높이 들고 소리쳤다.

"워프!"

"그게 무슨 뜻이죠, 아버지?"

잭이 몹시 궁금한 듯이 물었다.

"나도 몰라."

팁은 다시 엄지손가락을 세우고 오른쪽 손을 높이 들었다. 그리고 소리쳤다.

"티프!"

"그건 또 무슨 소리인가요, 아버지?"

잭이 물었다.

"이건 제발 입다물고 가만히 있으라는 소리야!"

중요한 순간에 자꾸만 방해를 받은 팁은 짜증이 났다.

팁은 이제 양손을 높이 쳐들고 모든 손가락을 쫙 펼친 채, 커다란 목소리로 소리쳤다.

"퍼프!"

그 말이 떨어지자마자 목마는 네 발을 쭉 펴면서 늘어지게 하품을 했다. 그리고 몸을 흔들어 등에 남아 있는 마법의 가루를 털어냈다. 마법의 가루는 스르르 녹아서 목마의 몸 속으로 스며드는 것처럼 보였다.

"좋았어요!"

호박머리 잭이 소리쳤다. 한편 팁은 너무 놀라 넋을 잃은 채, 멍하니 서 있었다.

"아버지! 아버지는 정말로 똑똑한 마법사군요!"

잭은 신이 나서 떠들었다.

5
살아난 목마

자신이 살아서 움직일 수 있게 되었다는 사실을 깨달은 목마는 팁보다도 훨씬 더 놀라는 것 같았다. 목마는 이리저리 눈알을 굴리며 난생 처음으로 자신이 살고 있는 이 세상을 바라보았다. 그리고 자신의 모습을 살펴보려고 했다. 하지만 숙이거나 돌릴 수 있는 목이 없었기 때문에 아무리 애를 써도 제자리에서 뱅뱅 맴을 돌기만 할 뿐, 꼬리 끝도 볼 수 없었다.

목마의 다리는 관절이 없었기 때문에 뻣뻣하고 잘 움직여

지지 않았다. 한동안 다리를 움직이려고 애를 쓰던 목마는
그만 호박머리 잭을 향해 쓰러지고 말았다. 목마와 잭은 길
가에 깔린 부드러운 이끼 위로 데구르르 굴렀다.

목마가 미친듯이 원을 그리며 빙빙 도는 것을 보고 한동
안 넋이 빠져 있던 팁은 이 느닷없는 사고를 보고 깜짝 놀
랐다. 그래서 큰 소리로 외쳤다.

"워워! 워워! 저리 가라!"

목마는 팁이 뭐라고 소리치든 들은 척도 하지 않았다. 오
히려 팁을 향해 쏜살같이 달려와서 딱딱한 나무 발로 팁의
발등을 꽉 밟았다. 팁은 아픈 발을 붙잡고 껑충껑충 뛰면서
멀찌감치 달아났다. 그리고 다시 한번 소리쳤다.

"워워! 워워! 내 말을 들어!"

한편 땅에 쓰러진 잭은 간신히 몸을 일으키고 앉았다. 그
리고 아주 흥미로운 눈길로 목마를 자세히 살펴보았다.

"저 동물은 아버지 말을 듣지 못하는 것 같아요."

"그럼 내 목소리가 너무 작단 말이야?"

잔뜩 화가 난 팁이 퉁명스럽게 쏘아붙였다.

"그건 아니에요. 하지만 저 말에게는 귀가 없는 걸요."

미소를 지으며 호박머리가 말했다.

"그렇구나!"

처음으로 그 사실을 알아차린 팁이 큰소리로 외쳤다.

"그럼 어떻게 저 말을 멈추게 하지?"

바로 그 순간 미친듯이 날뛰던 목마가 제자리에 우뚝 섰

다. 자기 몸을 보는 것이 불가능하다는 결론을 내린 것이다. 하지만 이번에는 팁을 좀더 가까이에서 자세히 살펴보겠다는 생각이 들었는지 소년을 향해 다가가기 시작했다.

목마가 뻣뻣한 네 다리를 어기적 어기적 움직이며 걸어가는 모습은 정말로 우스웠다. 목마는 보통 말들이 하듯이 앞발과 뒷발을 함께 움직였기 때문에 목마의 몸은 마치 흔들요람처럼 이리저리 흔들렸다.

팁은 목마의 머리를 톡톡 두드리며 다정하게 달랬다.

"착하지! 가만 있거라!"

그러나 목마는 펄쩍펄쩍 뛰더니 이번에는 커다란 두 눈을 굴리며 호박머리 잭을 열심히 살펴보기 시작했다.

"재갈을 물려야겠어."

팁은 호주머니를 뒤져서 튼튼한 끈 하나를 찾아냈다. 목마를 향해 조심스럽게 다가간 팁은 목마의 목에 끈을 걸었다. 그리고 다른 한쪽 끝은 커다란 나무에 묶었다. 팁이 무슨 짓을 하는지 영문을 모르고 가만히 서 있던 목마는 뒤로 몇 발자국 물러서더니 간단하게 목에 걸린 끈을 끊어버렸다. 하지만 달아날 생각은 없는 것 같았다.

"생각보다 힘이 아주 센데."

팁이 감탄했다.

"게다가 고집도 아주 센 것 같아."

"저 말에게 귀를 만들어주시면 되잖아요? 그럼 말에게 어떻게 하라고 시킬 수도 있을 거예요."

“그것 참 멋진 생각이야! 어떻게 그런 생각을 해냈지?”

“글쎄요. 일부러 생각한 것은 아니에요.”

호박머리가 태연하게 말했다.

“사실 애서 생각할 필요도 없죠. 그건 너무나 쉽고 간단한 일이니까요.”

팁은 주머니칼을 꺼내어 작은 나뭇가지를 깎아 귀 모양을 만들었다.

“너무 크게 만들지 말아야 해.”

팁이 나무를 깎으며 중얼거렸다.

“그럼 말이 아니라 당나귀처럼 보일 거야.”

“어째서 그렇죠?”

잭이 길가에 서서 물었다.

“말은 사람보다 큰 귀를 가지고 있지. 하지만 당나귀는 말보다 훨씬 더 귀가 크단 말이야.”

팁이 설명했다.

“만약 내 귀가 더 길어지면, 나도 말처럼 되겠네요?”

잭이 신기한 듯이 물었다.

“이봐, 네 귀가 아무리 커진다고 해도 너는 절대로 호박머리 잭 이외에는 다른 어떤 것도 될 수가 없어.”

잭은 고개를 끄덕였다.

“자, 이제 귀가 다 만들어졌군. 내가 귀를 꽂을 동안 이 말 좀 붙잡고 있겠니?”

“그럼요. 나를 일으켜 세워만 주신다면요.”

팁은 잭을 일으켜 세워주었다. 호박머리 잭은 말에게 다가가서 말 머리를 꼭 붙잡았다. 그 동안 소년은 칼날로 말의 머리에 두 개의 구멍을 뚫고 귀를 꽂았다.

"귀를 만들어 놓으니까 아주 잘생겨 보이는군요."

잭이 감탄했다. 바로 그 순간 목마는 미친 듯이 앞으로 펄쩍 뛰어가면서 팁과 잭을 쓰러뜨렸다. 잭이 목마의 귀에 너무 가까이 대고 말을 한 데다가 목마로서는 소리라는 것을 한번도 들어본 적이 없었기 때문에 몹시 놀랐던 것이다.

목마는 달려가는 자신의 발자국 소리에 더욱더 놀란 듯이 앞으로 쏜살같이 달려가기 시작했다.

"워워!"

재빨리 일어선 팁이 소리쳤다.

"워워! 이 바보야, 그만 서란 말이야!"

목마는 팁의 말이 전혀 귀에 들어오지 않는 것 같았다. 그때 다리 하나가 움푹 패인 구멍에 빠지면서 목마는 거꾸로 뒤집어지고 말았다. 목마는 허공에 네 발을 허우적거리면서 버둥거렸다.

팁은 서둘러 목마를 향해 달려갔다.

"너는 정말 한심한 말이구나!"

팁이 소리쳤다.

"왜 내가 워워라고 외쳤을 때, 그 자리에 서지 않았니?"

"'워워' 라는 말이 서라는 뜻인가요?"

목마가 두 눈을 부릅뜨고 소년을 올려다보며 너무나 놀랍

다는 듯이 물었다.

"물론 그렇고말고."

팁이 고개를 끄덕였다.

"그럼 바닥에 있는 구멍도 멈추라는 뜻인가요? 그렇죠?"

목마가 계속해서 물었다.

"그렇지. 멈추지 않으면 넘어지니까 말이야."

"여기는 정말 이상한 곳이군요."

목마는 여전히 놀라움을 금치 못했다.

"도대체 여기서 내가 뭘 하고 있는 거죠?"

"내가 너에게 생명을 주었어. 내 말을 잘 듣고 내가 시키는 대로만 한다면 너를 해치지 않을게."

"그렇다면 당신이 시키는 대로 하겠어요."

목마가 순순히 대답했다.

"하지만 조금 전에 나에게 무슨 일이 일어난 거죠? 어쩐지 똑바로 서 있는 것 같지가 않군요."

"너는 지금 거꾸로 누워 있어. 잠시 다리를 움직이지 않으면 내가 너를 다시 똑바로 세워줄게."

"도대체 나는 몇 가지 자세나 취할 수 있는 거죠?"

목마가 신기한 듯이 물었다.

"여러 가지를 할 수 있지."

팁은 간단히 대답했다.

"하지만 지금은 다리를 좀 움직이지 말아."

목마는 더 이상 다리를 버둥거리지 않고 곧게 쭉 뻗고 있었다. 팁은 몇 번의 노력 끝에 목마를 뒤집어서 다시 똑바로 세울 수가 있었다.

"이제는 모든 것이 제대로 된 것 같군요."

이 이상한 동물은 안도의 한숨을 내쉬었다.

"네 귀 하나가 부러졌어."

목마를 조심스럽게 살펴보던 팁이 말했다.

"새로 귀를 만들어줘야겠구나."

팁은 목마를 이끌고 잭이 있는 곳으로 돌아왔다. 잭은 여전히 땅에 쓰러진 채, 팔과 다리를 버둥거리고 있었다. 팁은 호박머리 잭이 다시 일어설 수 있도록 도와 주었다. 그리고 새로 귀를 만들어서 목마의 머리에 꽂아 주었다.

"이제부터 내가 너에게 하는 말을 잘 듣도록 해."

팁이 목마에게 신호를 가르치기 시작했다.

"'워워!'라는 말은 멈추라는 뜻이야. 그리고 '출발!'이라는 말은 앞으로 가라는 뜻이고 '이랴 이랴!'라는 말은 최대한 빨리 달리라는 뜻이야. 알아듣겠니?"

"그런 것 같아요."

말이 대답했다.

"아주 좋아. 우리는 모두 함께 에메랄드 시를 향해 여행을 떠날 거야. 그곳을 다스리는 허수아비 왕을 만나기 위해서 말이지. 그리고 호박머리 잭은 관절이 닳아버리지 않도록 네 등에 태우고 갔으면 좋겠어."

"나는 상관없어요. 마음대로 하세요."

목마가 말했다.

팁은 잭이 말 등에 탈 수 있도록 도와주었다.

"꼭 잡아야 해. 그렇지 않으면 말에서 떨어져서 네 호박 머리가 깨질 수도 있어."

팁이 주의를 주었다.

"너무 끔찍한 일이군요! 그런데 뭘 잡고 가죠?"

"귀를 잡도록 해."

한동안 대답할 말을 찾지 못해 머뭇거리던 팁이 말했다.

"그건 안돼요! 그럼 나는 들을 수 없게 되잖아요!"

목마가 반대했다. 목마의 말이 그럴듯하게 여겨진 팁은 다른 방법을 생각해내려고 애썼다.

"이제 알았다!"

마침내 팁이 소리쳤다. 그리고 숲 속에서 어린 나무의 짤막한 가지 하나를 꺾어가지고 왔다. 팁은 나뭇가지의 한쪽 끝을 뾰족하게 깎아놓은 다음, 목마의 머리 바로 밑에 구멍을 팠다. 그리고 길가에 놓인 커다란 돌멩이를 하나 집어와서 목마의 등에 나뭇가지를 대고 내리치기 시작했다.

"그만! 그만해요! 기분이 이상해요!"

목마가 고함을 질렀다.

"아프니?"

팁이 걱정스럽게 물었다.

"꼭 아픈 건 아니에요. 하지만 왠지 기분이 나빠요."

"이제 다 끝났어."

팁이 목마를 위로했다.

"자, 잭. 이 막대기를 꼭 잡도록 해. 그럼 땅에 떨어지지 않을 거야."

잭이 막대기를 꼭 잡자, 팁이 말에게 말했다.

"출발."

착한 목마는 즉시 앞으로 걸어가기 시작했다. 목마가 땅에서 발을 들 때마다 잭은 이리저리 흔들렸다.

팁은 목마 옆에서 나란히 걸어갔다. 새로운 일행이 몹시 만족스러운 팁은 신나게 휘파람을 불기 시작했다.

"그 소리는 또 무슨 뜻이죠?"

말이 물었다.

"이 소리는 신경쓸 필요 없어. 그냥 휘파람을 불고 있는 것뿐이니까. 그저 내가 아주 기분이 좋다는 뜻이야."

팁이 말했다.

"나도 입술을 오므릴 수만 있다면 휘파람을 불고 싶어요. 아비지, 서글프게도 저에게는 뭔가 부족한 면이 많은 것 같아서 걱정되는군요."

호박머리 잭이 고개를 저었다. 좁은 오솔길을 따라서 한동안 걸어가던 그들은 노란 벽돌이 깔린 넓은 길로 접어들었다. 길 옆에는 이런 표지판이 붙어 있었다.

〈에메랄드 시까지 9킬로미터〉

하지만 벌써 날이 어두워지고 있었다. 팁은 다음날 새벽에 다시 여행을 떠나기로 하고 길에서 잠을 자기로 결정했다. 잎이 무성한 작은 나무들이 서 있는 덤불숲으로 목마를 이끌고 간 팁은 호박머리 잭이 말에서 내릴 수 있도록 조심스럽게 도와주었다.

"날이 밝을 때까지 너는 바닥에 누워 있는 것이 좋을 것 같아. 그렇게 하는 편이 더 안전할 거야."

"나는 어떻게 하죠?"

목마가 물었다.

"너는 서 있어도 괜찮아. 어차피 잠을 잘 수도 없으니까 망을 보도록 해. 아무도 가까이 오지 못하도록 말이야."

소년은 호박머리 잭이 누워 있는 풀밭 위에 나란히 누웠다. 오랜 여행으로 몹시 지친 소년은 곧 깊이 잠들었다.

6

에메랄드 시에 간 호박머리 잭

날이 밝자, 호박머리 잭이 팁을 깨웠다. 잠에서 깨어난 팁은 두 눈을 비비며 졸졸 흐르는 시냇물에 얼굴을 씻었다.

그리고 빵과 치즈를 조금 뜯어먹었다.

다시 길을 떠날 준비를 마친 팁은 씩씩하게 말했다.

"당장 떠나자. 9킬로미터면 아직도 갈 길이 멀었어. 하지만 아무 사고도 일어나지 않는다면 오후쯤에는 에메랄드 시에 도착할 수 있을 거야."

호박머리 잭은 다시 목마를 타고 여행을 계속했다. 짙은 보라색이었던 풀과 나무들이 서서히 연한 보라색으로 변해 갔다. 연한 보라색은 곧 연한 녹색을 띠기 시작했다. 그리고 허수아비가 다스리는 에메랄드 시로 가까이 다가갈수록 녹색은 점점 더 진해졌다.

팁과 친구들이 노란 벽돌길을 따라 약 2킬로미터 정도 걸어갔을 때, 그들 앞에 물살이 빠른 커다란 강이 나타났다. 팁은 이 강을 어떻게 건너야 할지 알 수가 없었다.

잠시 후에 한 남자가 강 건너편에서 작은 배를 타고 이쪽으로 다가오는 것을 발견했다.

남자가 강둑에 도착하자, 팁이 물었다.

"우리를 강 건너편으로 데려다 주시겠어요?"

"그러지. 돈만 있다면 말이다."

사공이 퉁명스럽게 대답했다. 사공은 무척 무뚝뚝하고 불친절한 사람처럼 보였다.

"하지만 저에게는 돈이 없는걸요."

팁이 난처한 표정을 지었다.

"한푼도 없나?"

"한푼도 없어요."

"그럼 내 팔을 고생시켜 가면서 건네줄 필요가 없지."

사공은 딱 잘라서 거절했다.

"참 친절하기도 해라!"

호박머리 잭이 활짝 미소를 지으며 말했다. 사공이 힐끗 그를 노려보았지만, 아무 말도 하지 않았다. 팁은 방법을 궁리했다. 이렇게 갑자기 여행이 끝난다면 너무 실망스러운 일이기 때문이었다.

"저는 꼭 에메랄드 시에 가야만 해요. 아저씨가 배를 태워주시지 않으면 어떻게 강을 건너겠어요?"

사공은 낄낄거리며 웃었다. 왠지 음산하고 불쾌한 웃음소리였다.

"저 목마라면 물에 뜨겠구나."

사공이 목마를 가리켰다.

"저걸 타고 건너면 되잖니. 너와 함께 가는 저 호박머리 멍청이는 물에 빠지든지 아니면 헤엄을 치든지 내버려 두렴. 어느 쪽이든 상관없잖아."

"나에 대해서는 걱정하지 마세요."

호박머리 잭이 심술궂은 사공을 향해 미소를 지었다.

"나는 아주 멋지게 물에 둥둥 뜰 테니까요."

팁은 과연 이런 모험을 감행해도 좋을까 곰곰이 생각했다. 위험이라는 것이 뭔지도 모르는 목마는 아무런 반대도 하지 않았다.

결국 소년은 목마의 등에 올라타고 강물 속으로 들어갔다. 잭도 강물에 몸을 담그고 목마의 꼬리를 붙잡았다. 호박머리를 물 밖으로 내놓기 위해서였다.

"자, 이제부터 다리를 버둥거리면 물에 뜰 수 있을 거야. 네가 헤엄만 잘 쳐준다면 우리는 아마도 강 건너편에 도착할 수 있을 거다."

팁은 목마에게 방법을 가르쳐 주었다.

목마는 즉시 네 다리를 버둥거리기 시작했다. 목마의 다리는 마치 노처럼 잘 움직여 주었다. 팁 일행은 천천히 강을 건너 건너편 강둑에 도착할 수 있었다. 강을 건너는 모험이 성공적으로 끝나자, 팁과 친구들은 물을 뚝뚝 흘리면서 의기양양하게 풀이 무성한 둑 위로 올라섰다.

팁의 바지와 신발은 물에 흠뻑 젖었다. 하지만 목마가 아주 훌륭하게 헤엄쳐서 갔기 때문에 무릎 위로는 조금도 젖지 않았다. 반면 호박머리 잭의 화려한 옷은 완전히 젖어서 물이 줄줄 흘러내렸다.

"햇빛에 곧 마를 거야. 사공이 도와주지 않아도 우리는 멋지게 강을 건넜어. 여행도 계속할 수 있게 되었고 말이야."

"수영 같은 건 조금도 무섭지 않아요."

목마가 한 마디 했다.

"나도 그래요."

잭이 얼른 나섰다.

그들은 다시 노란 벽돌길로 들어섰다. 팁은 호박머리 잭을 목마의 등 위로 올려주었다.

"네가 조금만 빨리 달리면, 바람 때문에 네 옷이 훨씬 잘 마를 거야. 나는 말의 꼬리를 잡고 너를 쫓아갈게. 이런 식으로 하면 우리는 모두 다 금방 옷을 말릴 수 있을 거야."

"최선을 다해 보겠어요."

목마가 대답했다. 팁은 꼬리처럼 불쑥 튀어나온 나뭇가지 끝을 꽉 움켜쥐고 큰소리로 외쳤다.

"출발!"

말은 힘차게 달려가기 시작했다. 팁은 열심히 그 뒤를 따라갔다. 좀더 빨리 달려도 괜찮겠다고 생각한 팁은 또다시 소리쳤다.

"이랴, 이랴!"

이 소리가 빨리 달리라는 명령이라는 것을 떠올린 말은 몸을 좌우로 흔들며 열심히 달렸다. 팁 또한 젖먹던 힘을 다해 달려갔다. 지금까지 이렇게 빨리 달려보기는 처음이었다.

곧 팁은 숨이 차서 더 이상 뛸 수가 없었다. 말에게 '워워'라고 소리치고 싶었지만, 그 소리가 목구멍 밖으로 나오지 않았다. 바로 그때 팁이 움켜쥐고 있던 말꼬리가 딱 부러져 버리고 말았다. 사실 말꼬리는 죽은 나뭇가지나 다름이 없었다. 순식간에 팁은 먼지 나는 길 위로 데굴데굴 굴러갔다. 그 동안에도 목마와 호박머리 잭은 쉬지 않고 달려가서 마침내 저 멀리 사라져버렸다.

간신히 정신을 차리고 몸을 일으킨 팁은 목구멍을 꽉 메운 먼지를 뱉아내었다. 그제서야 워워 소리를 낼 수 있었지만, 아무 소용도 없게 된 후였다. 목마는 이미 모습을 감춘지 오래였기 때문이었다.

팁은 어떻게 해야 할지 알 수가 없었다. 그 자리에 털썩주저앉아 충분한 휴식을 취한 후에 다시 길을 떠날 수밖에 없었다.

"언젠가는 그들을 따라잡겠지. 이 길도 에메랄드 시의 성문 앞에서 끝이 날 테니까. 그럼 잭과 목마도 더 이상 달리지 못할 거야."

한편 목마는 날쌘 경주마처럼 노란 벽돌길을 열심히 달려갔다. 잭은 막대를 꽉 움켜쥐고 매달리느라 정신이 없었다. 둘 다 팁이 떨어져 나갔다는 사실을 알지 못했다. 호박머리 잭은 한번도 뒤를 돌아보지 않았고 목마는 그럴 수가 없었기 때문이다.

말을 타고 달리면서 잭은 길가의 풀들과 나무들이 밝은 에메랄드 빛으로 변했다는 것을 알아차렸다. 그리고 마침내 에메랄드 시에 가까이 온 모양이라고 생각했다. 바로 그때 높은 뾰족탑과 둥근 지붕들이 눈에 보이기 시작했다.

저 멀리에 에메랄드를 촘촘히 박아 넣은 초록색 돌로 만든 높은 성벽이 나타났다. 목마가 달리던 걸음을 멈추지 않고 무서운 기세로 곧장 벽에 부딪혀 박살이 날까봐 두려워진 잭은 있는 힘을 다해 "워워!" 하고 소리쳤다.

잭의 명령을 들은 목마는 갑자기 제자리에 딱 멈추어섰다. 나무막대기를 꽉 붙잡고 있지 않았더라면 호박머리 잭은 틀림없이 앞으로 내동댕이쳐져서 아름다운 얼굴을 망쳐 버렸을 것이다.

"아버지, 너무 빨리 달렸죠!"

잭이 신이 나서 소리쳤다. 그런데 아무런 대답이 없자, 황급히 뒤를 돌아보았다. 잭은 그제서야 팁이 뒤에 없다는 사실을 발견했다.

전혀 예상하지 못했던 상황이 벌어지자 호박머리는 몹시 당황했다. 그리고 불안한 생각이 들어서 안절부절 못했다. 잭이 팁의 안부를 걱정하면서 앞으로 이 상황을 어떻게 해결해야 할지 고민하는 동안, 초록색 대문이 열리면서 한 남자가 밖으로 나왔다.

둥글고 살찐 얼굴에 키가 작고 뚱뚱한 이 남자는 무척 마음씨가 좋아보였다. 그는 머리부터 발끝까지 초록색 옷을 입고 머리에는 끝이 뾰족하고 높은 초록색 모자를 쓰고 있었다. 그리고 눈에는 초록색 안경을 끼고 있었다. 남자는 호박머리 잭에게 공손하게 절을 하더니 자신을 소개했다.

"저는 에메랄드 성의 문을 지키는 문지기입니다. 당신은 누구십니까? 그리고 무슨 일로 오셨습니까?"

"제 이름은 호박머리 잭입니다."

잭이 활짝 미소를 지으며 대답했다.

"하지만 제가 무슨 일로 이곳에 왔는지에 대해서는 전혀 아는 바가 없군요."

성문지기는 두 눈이 휘둥그래지더니 머리를 설레설레 흔들었다. 잭의 대답이 못마땅한 모양이었다.

"당신은 사람입니까? 아니면 호박입니까?"

성문지기는 여전히 공손한 태도로 물었다.

"그저 양쪽 모두라고 해두죠."

잭이 대답했다.

"그렇다면 이 목마는 살아 있는 것입니까?"

성문지기가 물었다. 이 말을 들은 목마는 장난스럽게 잭에게 눈을 한번 꿈벅하고 펄쩍펄쩍 뛰어다니기 시작했다. 그러더니 일부러 성문지기의 발을 꽉 밟았다.

"아이쿠!"

성문지기는 큰소리로 외쳤다.

"실례되는 질문을 해서 정말 미안합니다. 대답 하나는 확실하게 하시는군요. 당신들은 에메랄드 시에 무슨 볼일이 있으십니까?"

"분명히 무슨 볼일이 있기는 한 것 같은데……."

호박머리 잭이 심각한 얼굴로 대답했다.

"그런데 그 볼일이 무엇인지 도통 생각이 나질 않는군요. 사실은 저희 아버지께서 모든 걸 다 알고 계신데 지금 이곳에 계시지 않습니다."

"그것 참 이상한 일이군요. 참 이상해요!"

성문지기가 말했다.

"하지만 당신들은 별로 나쁜 사람들 같지 않군요. 못된 생각을 가진 사람이라면 그렇게 유쾌한 미소를 지을 수는 없을 테니까요."

"이 미소로 말씀드리자면, 저로서도 어쩔 수 없는 것이랍니다. 처음부터 칼로 제 얼굴에 새겨넣은 것이니까요."

"어쨌든 제 방으로 들어오십시오."

성문지기가 말했다.

"당신들을 어떻게 해야 할지 알아보겠습니다."

잭은 목마를 타고 성문을 지나 성벽 옆에 지어진 작은 방으로 들어갔다. 성문지기가 종을 울리자, 아주 키가 큰 병사가 반대편 문에서 들어왔다. 초록색 제복을 입은 이 병사는 아름다운 초록색 수염을 거의 무릎까지 기르고 있었다. 성문지기는 즉시 병사에게 사정을 설명했다.

"자신이 왜 에메랄드 시에 왔는지 그 이유를 모르는 이상한 신사분이 계십니다. 이 분을 어떻게 해야 할까요?"

초록색 수염을 기른 병사는 호기심 어린 눈으로 조심스럽게 잭을 바라보았다. 마침내 병사는 수염이 찰랑찰랑 흔들릴 정도로 고개를 설레설레 젓더니 입을 열었다.

"허수아비 폐하께 데리고 가야겠군."

"하지만 허수아비 폐하께서도 뭘 어떻게 해주시겠습니까?"

성문지기가 물었다.

"그건 폐하께서 알아서 하실 일이지. 나는 내 일만으로도 골치가 아프오. 그러니 밖에서 일어나는 곤란한 문제들은 모두 다 폐하께 돌릴 수밖에. 이 자들에게 어서 안경을 씌우도록 하시오. 왕궁으로 데려가겠소."

병사가 대답했다. 성문지기는 안경이 담긴 커다란 상자를 열고 잭의 커다란 눈에 맞는 안경을 찾으려고 애를 썼다.

"이 눈을 모두 덮을 만한 안경이 없어요."

성문지기가 한숨을 쉬었다.

"당신 머리는 너무 커서 안경을 묶어야만 하겠는걸요."

"하지만 내가 왜 안경을 써야만 하죠?"

잭이 물었다.

"이 도시의 풍습이오."

병사가 설명했다.

"게다가 안경을 쓰지 않으면 번쩍이는 에메랄드 시의 광채에 눈이 멀 수도 있소."

"그래요?"

잭이 깜짝 놀라 소리쳤다.

"그렇다면 당장 안경을 씌워주세요. 나는 절대로 장님이 되고 싶지 않아요."

"나도 싫어요."

목마가 불쑥 끼어들었다. 그리하여 목마도 재빨리 툭 튀

어나온 눈 위에 초록색 안경을 걸쳤다.

잠시 후에 초록색 수염을 기른 병사는 그들을 데리고 성 안으로 들어갔다. 그들은 곧 웅장한 에메랄드 시의 중심가로 들어섰다.

반짝이는 초록색 보석들이 아름나운 집들의 현관을 장식하고 있었다. 그리고 뾰족한 탑과 망루들은 모두 에메랄드로 뒤덮여 있었다. 심지어 초록색 대리석이 깔린 길바닥에도 값비싼 돌들이 박혀 있었다. 이 도시를 처음 구경하는 사람들에게는 참으로 놀랍고도 굉장한 광경이 아닐 수 없었다.

하지만 호박머리 잭과 목마는 보석의 가치나 아름다움 따위에 대해서는 전혀 아는 바가 없었기 때문에 초록색 안경 너머로 펼쳐치는 이 휘황찬란한 모습들을 보고도 아무런 관심이 없었다. 그들은 초록색 수염을 가진 병사의 뒤를 따라 태연하게 걸어갈 뿐이었다. 초록색 피부를 가진 사람들이 놀라움이 가득한 시선으로 그들을 바라보고 있다는 사실조차 알아채지 못했다.

이때 초록색 개 한 마리가 달려나와 그들을 향해 시끄럽게 짖어대기 시작했다. 목마는 즉시 단단한 나무 발로 개를 걸어찼다. 그러자 이 작은 동물은 낑낑거리며 어느 집으로 도망쳐 버렸다. 잭과 목마는 더 이상 아무런 방해도 받지 않고 무사히 왕궁 앞에 도착했다.

호박머리 잭은 목마를 탄 채로 초록색 대리석 계단을 올라가 허수아비 왕을 만나고 싶어했다. 하지만 병사가 그럴 수는 없다고 말했다. 잭은 어쩔 수 없이 힘들게 말에서 내려왔다. 한 하인이 목마를 뒤뜰로 데리고 갔다. 한편 초록색 수염을 가진 병사는 호박머리를 궁전 안으로 인도했다.

이 낯선 여행자는 멋진 가구들이 가득한 접견실에 혼자 남겨졌다. 그 동안 병사는 허수아비 왕에게 이 사실을 고했다. 마침 그 시간에 허수아비 왕은 아무런 할 일이 없어서 무척 심심해하고 있던 참이었다. 왕은 즉시 이 신기한 여행자를 왕실로 데리고 오라는 명령을 내렸다.

잭은 이 어마어마한 도시의 지배자를 만난다는 사실에도 전혀 두려워하거나 당황하지 않았다. 왜냐하면 세상의 예의범절이나 형식 따위를 전혀 몰랐기 때문이었다. 하지만 왕실 안으로 들어가 생전 처음 번쩍이는 왕좌 위에 앉아 있는 허수아비 왕을 보았을 때, 잭은 깜짝 놀라 우뚝 걸음을 멈추었다.

7
허수아비 왕

이 책을 읽는 독자들은 누구나 허수아비가 어떻게 생겼는지 잘 알고 있을 것이다. 하지만 호박머리 잭은 한번도 허수아비를 본 적이 없었기 때문에 그의 짧은 평생 동안 그 어떤

일을 당했을 때보다도 훨씬 더 놀랐다.

허수아비 왕은 색이 바랜 푸른색 옷을 입고 있었다. 그의 머리는 지푸라기를 채워넣은 작은 자루였고 그 위에는 눈과 귀와 코와 입이 대충 그려져 있었다. 몸 또한 지푸라기를 넣어 만든 것이었다. 하지만 너무나 울퉁불퉁하고 솜씨 없이 만들어졌기 때문에 허수아비의 다리와 팔은 필요 이상으로 너무 부풀려진 것 같았다.

손에는 긴 손가락이 달린 장갑을 끼고 있었는데, 그 속에는 솜이 채워져 있었다. 왕의 겉옷에서 지푸라기 몇 가닥이 밖으로 삐죽이 빠져나와 있는 게 보였고 목과 장화 끝에도 지푸라기가 붙어 있었다.

왕은 머리에 번쩍이는 보석이 잔뜩 박힌 무거운 황금관을 쓰고 있었는데, 왕관의 무게 때문에 허수아비 왕의 이마에는 주름이 쭈글쭈글 잡혀 있었다. 덕분에 허수아비의 얼굴이 제법 사려 깊고 심각하게 보였다.

허수아비 왕의 이상한 모습이 잭에게 커다란 놀라움을 안겨 주었다면, 호박머리 잭의 모습 또한 허수아비 왕을 깜짝 놀라게 했다. 팁이 어설프게 연결한 나무토막 위에 보라색 바지와 분홍색 조끼 그리고 붉은 셔츠를 헐렁하게 걸치고, 활짝 웃는 얼굴을 하고 있는 호박머리의 모습은 참으로 우스꽝스럽고 이상했다.

처음에 허수아비 왕은 이상하게 생긴 방문객이 계속 입을 크게 벌리고 웃고 있자 장난을 치고 있다고 생각했다. 그래서 이 건방지고 무례한 행동에 대해 버럭 화를 내려고 했다. 하지만 허수아비는 오즈의 나라에서 가장 현명하고 지혜로운 인물이라는 명성을 얻고 있지 않은가! 허수아비는 잠시 분노를 억누르고 찾아온 손님을 자세히 살펴보았다. 그리고 곧 싱글싱글 웃고 있는 잭의 얼굴이 칼로 새겨놓은 것임을 깨달았다. 잭은 아무리 심각한 표정을 짓고 싶어도 그럴 수가 없었던 것이다.

마침내 왕이 먼저 입을 열었다.

"너는 어디서 왔느냐? 그리고 어떻게 해서 살아 움직이게 되었느냐?"

"죄송합니다, 폐하. 저는 폐하의 말씀을 하나도 알아듣지 못하겠습니다. 저는 이 나라 사람이 아닙니다."

호박머리 잭이 대답했다.

"그렇구나!"

허수아비 왕이 소리쳤다.

"우리 에메랄드 시에서는 뭉크킨의 말을 사용하고 있다. 하지만 너는 아마도 호박나라의 말을 사용하겠지?"

"바로 그렇습니다. 그러므로 폐하와 제가 서로를 이해하는 것은 불가능할 것입니다."

"그것 참 불행한 일이군."

허수아비 왕은 잠시 생각에 잠겼다.

"통역자가 필요하겠어."

"통역자가 무엇입니까?"

"나의 말과 너의 말을 모두 이해할 수 있는 사람 말이다. 내가 무슨 말을 하면, 통역자가 너에게 내가 한 말의 뜻을 전해주는 것이다. 그리고 네가 또 무슨 말을 하면, 통역자는 또 나에게 네가 한 말의 뜻을 전해줄 수 있다. 통역자는 양쪽 말을 모두 할 수 있는 사람이니까 말이다."

"그것 참 똑똑하군요."

잭은 이 어려운 상황을 간단하게 해결할 수 있는 방법이 있다는 사실에 몹시 기뻐했다.

허수아비 왕은 초록색 수염을 가진 병사에게 백성들 중에서 에메랄드 시의 말뿐만 아니라 길리킨의 말을 잘 아는 사람을 찾아서 당장 데리고 오라고 명령했다.

병사가 떠나자, 허수아비 왕이 말했다.

"기다리는 동안 의자에 잠시 앉아 있겠느냐?"

"폐하께서는 제가 폐하의 말을 알아듣지 못한다는 것을 잊어버리셨군요. 폐하께서 제가 앉기를 원하신다면, 몸짓으로 명령을 하십시오."

허수아비 왕은 왕좌에서 내려와 호박머리 잭의 뒤에 의자를 끌어다 놓았다. 그리고 갑자기 잭을 탁 밀어서 의자 위에 털썩 주저앉게 만들었다. 벌렁 자빠진 잭은 마치 주머니 칼처럼 반으로 접혀서 한동안 몸을 펴기 위해 버둥거려야만 했다.

"내 몸짓을 알아들었느냐?"

허수아비 왕이 친절하게 물었다.

"아주 잘 알아들었습니다."

잭은 두 팔을 들어올려 머리를 다시 앞으로 돌렸다. 넘어지는 바람에 머리가 뒤로 돌아가 버렸던 것이다.

"너는 아주 급하게 만들어진 모양이구나."

몸을 펴기 위해 애를 쓰는 호박머리의 모습을 보면서 허수아비가 한 마디 했다.

"폐하도 저와 마찬가지인 것 같은데요."

호박머리가 솔직하게 말했다.

"너와 나는 커다란 차이가 있다."

허수아비가 말했다.

"나는 몸을 구부릴 수 있지만 부러지지 않고, 너는 부러지기는 해도 몸을 구부릴 수는 없다는 것이다."

바로 그때 병사가 한 어린 소녀를 데리고 돌아왔다. 초록색 머리카락과 초록색 눈을 가진 소녀는 아주 예쁘고 착하게 보였다. 소녀는 무릎까지 내려오는 초록색 비단 치마를 입고 있었는데 치마 아래로는 콩깍지 무늬가 수놓여진 비단 양말이 보였다. 소녀의 신발에는 버클이나 단추 대신에 작은 양배추가 장식으로 달려 있었다. 앙증맞게 생긴 소녀의 웃옷에는 반짝거리는 작은 에메랄드가 잔잔히 박혀 있었고 허리띠에는 클로버 무늬가 수놓여져 있었다.

"이런, 젤리아 잼이구나!"

허수아비 왕이 반가운 듯이 소리쳤다. 초록색 소녀는 예쁜 머리를 까딱하면서 왕에게 절했다.

"네가 길리킨의 말을 할 수가 있느냐?"

"그렇습니다. 폐하."

소녀가 대답했다.

"왜냐하면 저는 북쪽 나라에서 태어났기 때문입니다."

"그럼 우리들의 통역사가 되어주렴."

허수아비 왕이 말했다.

"이 호박머리에게 내가 하는 말을 전부 설명해 주도록 하여라. 그리고 호박머리가 한 말을 나에게 전부 설명해 주어라. 그렇게 하면 만족하겠소?"

허수아비 왕은 손님을 돌아보며 말했다.

"아주 만족스럽습니다."

호박머리 잭이 대답했다.

"먼저 저 자에게 물어보아라. 에메랄드 시에는 무슨 일로 왔는지."

하지만 어린 소녀는 왕의 질문을 전하는 대신에 잭을 신기한 듯이 빤히 쳐다보았다. 그리고 이렇게 말했다.

"당신은 정말 신기하고 놀랍군요. 누가 당신을 만들었죠?"

"팁이라는 소년이오."

잭이 대답했다.

"저 자가 뭐라고 말했느냐?"

허수아비 왕이 대답을 재촉했다.

"내 귀에는 이상한 말이 들리는구나. 도대체 저 자가 뭐라고 했느냐?”

“저 사람은 폐하의 머리가 조금 이상한 것 같다고 말했습니다.”

소녀는 태연하게 대답했다.

허수아비 왕은 비틀비틀 왕좌로 돌아가 앉았다. 그리고 왼손으로 머리를 더듬어 보았다.

“서로 다른 두 개의 언어를 이해한다는 것은 참 멋진 일이구나.”

허수아비 왕은 당혹스런 한숨을 내쉬었다.

“그럼 또 물어보거라. 에메랄드 시의 왕을 모욕한 죄로 저 자를 감옥에 넣어도 불만이 없겠느냐고 말이다.”

“나는 폐하를 모욕하지 않았습니다!”

잭이 잔뜩 화가 나서 항의했다.

“쯧쯧!”

허수아비 왕이 주의를 주었다.

“젤리아가 내 말을 통역해줄 때까지 기다리거라. 이렇게 성급하게 나설 거라면 무엇 때문에 통역자를 두었겠느냐?”

“좋습니다. 기다리죠.”

호박머리 잭은 시무룩하게 대답했다. 물론 그의 얼굴은 늘 그렇듯이 활짝 미소를 짓고 있었다.

“저 말을 통역해주시오, 아가씨.”

“폐하께서는 배가 고프지 않느냐고 물으셨습니다.”

젤리아가 말했다.

"전혀 배고프지 않소."

잭은 의기양양하게 말했다.

"사실 난 음식을 먹을 수가 없다오."

"그건 나도 마찬가지야."

허수아비 왕이 끼어들었다.

"어쨌든 젤리아, 저 자가 뭐라고 말했지?"

"저 사람은 폐하의 두 눈이 짝짝이란 사실을 폐하께서 알고 계시느냐고 물었습니다."

젤리아는 심술궂게 말했다.

"저 아이의 말을 믿지 마십시오, 폐하."

잭이 당황해서 소리쳤다.

"물론 믿지 않아."

허수아비 왕이 조용히 대답했다. 그리고 소녀를 날카로운 눈초리로 노려보며 물었다.

"네가 길리킨의 말과 뭉크킨의 말을 모두 알아듣는다는 것이 사실이냐?"

"물론 사실입니다, 폐하."

젤리아 잼은 억지로 웃음을 참느라 애를 쓰며 대답했다.

"그렇다면 어째서 내가 저 자의 말을 알아듣고 있는 것 같은 생각이 드는 거지?"

허수아비 왕이 물었다.

"그거야 두 나라 말이 똑같으니까 그렇죠!"

이렇게 소리친 소녀는 마침내 깔깔거리며 웃음을 터뜨리

고 말았다.

"폐하께서는 오즈의 모든 나라에는 단 한 가지 언어밖에 없다는 사실을 모르고 계셨습니까?"

"그게 정말이냐?"

이 말을 들은 허수아비 왕은 얼굴이 환하게 밝아졌다.

"그렇다면 내가 내 말을 쉽게 전해줄 수 있겠구나!"

"이건 모두 제 잘못입니다. 폐하."

잭이 머리를 긁으며 말했다.

"저는 분명히 우리가 서로 다른 말을 하고 있을 거라고 생각했습니다. 나라가 다르니까요."

"그렇다면 이번 일은 너에게 다시는 생각 따위를 하지 말라는 좋은 경고가 되었겠구나."

허수아비 왕이 엄한 목소리로 꾸짖었다.

"현명한 생각을 할 수 없다면, 차라리 아무 생각도 없는 멍청이가 되는 편이 낫다. 그리고 너는 분명히 멍청이야."

"그렇습니다. 저는 멍청이가 분명합니다!"

호박머리가 순순히 동의했다.

"내가 보기에도 그렇구나."

허수아비 왕이 조금 누그러진 목소리로 말했다.

"누군지는 몰라도 너를 만든 사람은 너같이 멍청한 녀석을 만들기 위해서 좋은 음식 재료를 망쳐놓았군."

"폐하께 분명히 말씀드리지만, 제가 원해서 그렇게 된 것은 아닙니다."

"그래? 그것도 나와 똑같구나!"

왕은 아주 유쾌한 얼굴이 되었다.

"그래. 우리는 보통 사람들과 너무나 다르지. 그러니까 친구가 되도록 하는 게 어떨까?"

"진심으로 폐하의 친구가 되고 싶습니다!"

"뭐라고! 너에게 마음이 있단 말이냐?"

허수아비 왕이 깜짝 놀라 물었다.

"아닙니다. 다만 그렇게 상상할 뿐이죠. 그러니까 비유 같은 것입니다."

"그래. 너의 몸은 대부분 나무로 만들어진 것 같구나. 그러니까 상상 따위는 그만하도록 해라. 너에게는 뇌가 없으니까 상상을 할 권리도 없는 것이다."

허수아비 왕이 다시 한번 경고했다.

"알겠습니다!"

왕의 말을 알아들은 잭이 힘차게 대답했다.

허수아비 왕은 젤리아 잼과 초록색 수염을 가진 병사를 물러나게 했다. 그들이 사라지자, 허수아비 왕은 다정하게 새 친구의 팔짱을 끼고 정원으로 나갔다. 고리 던지기 놀이를 할 생각이었다.

8
진저 장군의 승리

팁은 한시라도 빨리 잭과 목마를
다시 만날 생각에 쉬지 않고 걸어갔다. 에메랄드 시까지는
아직도 절반 정도를 더 가야만 했다. 배가 고파진 팁은 과
자와 치즈를 꺼내 먹었다.

이런 긴급한 상황에서 어떻게 하면 좋을까 궁리하며 걸어
가던 팁은 길가에 앉아 있는 한 소녀를 만났다. 소녀는 팁
의 눈이 휘둥그래질 정도로 화려한 옷을 입고 있었다. 비단
윗도리는 눈부신 에메랄드 빛이었고 네 가지 색깔의 천으

로 만들어진 치마는 앞쪽은 파란색, 뒤쪽은 빨간색, 왼쪽은 노란색, 오른쪽은 보라색으로 되어 있었다. 윗도리 앞쪽에는 단추 네 개가 달려 있었는데, 첫번째 단추는 파란색, 두번째는 노란색, 세번째는 빨간색 그리고 마지막은 보라색이었다.

이 알록달록한 색깔의 옷은 너무 요란해서 마치 원시 인디언 부족들이 입는 옷처럼 느껴질 정도였다. 그러므로 팁이 한참 동안이나 소녀의 얼굴보다는 소녀의 옷차림에 더 마음을 빼앗긴 것도 당연한 일이었다.

사실 팁이 보기에 소녀의 얼굴도 상당히 예쁜 편이었다. 하지만 왠지 불만스런 표정을 짓고 있었기 때문에 약간 거만하고 무례하게 보였다.

팁이 소녀를 멍하니 바라보고 있는 동안, 소녀도 팁을 가만히 바라보고 있었다. 소녀의 옆에는 점심 바구니가 놓여 있었다. 그리고 한 손에는 먹음직스러워 보이는 샌드위치를 들고 다른 한 손에는 삶은 달걀을 들고 있었다. 소녀가 얼마나 맛있게 점심을 먹고 있던지, 팁은 보기만 해도 저절로 침이 넘어갈 정도였다.

식사를 다 마친 소녀는 자리에서 일어나더니 치마 위에 떨어진 빵 부스러기를 털기 시작했다. 팁은 더 이상 참지 못하고 먹을 것을 조금 나누어 달라고 부탁할 생각이었다.

그때 소녀가 먼저 입을 열었다.

"자! 이제 나는 가야 할 시간이야. 나 대신 이 바구니를 들어줘. 배가 고프면 바구니 안에 든 것을 먹어도 좋아."

팁은 얼른 바구니를 들고 먹을 것을 꺼내 먹기 시작했다. 입 속에 바쁘게 음식을 쑤셔넣느라 이 낯선 소녀에게 이것저것 물어볼 틈조차 없었다. 소녀는 팁보다 앞서서 성큼성큼 걸어갔다. 소녀의 태도는 아주 단호하고 확신이 넘쳐보였다. 당당하고 위엄 있는 그 모습을 보고 팁은 아마도 신분이 높은 귀족일 거라고 생각했다.

마침내 배가 터질 듯이 불러오자, 팁은 재빨리 소녀의 뒤를 쫓아갔다. 그리고 종종걸음을 치면서 소녀와 나란히 걸어가려고 애를 썼지만 쉬운 일이 아니었다. 소녀는 팁보다 훨씬 더 키가 컸기 때문이었다. 게다가 무척 서두르고 있었다.

"샌드위치를 먹게 해줘서 정말 고마워요."

팁이 발을 빠르게 움직이면서 말을 걸었다.

"이름이 뭔지 물어봐도 될까요?"

"나는 진저 장군이야."

소녀는 짤막하게 대답했다.

"장군이라구요? 무슨 장군이죠?"

팁은 깜짝 놀라 소리쳤다.

"나는 이 전쟁에서 반란군을 지휘하고 있어."

"그래요? 전쟁이 일어난 줄 몰랐어요."

팁은 더욱더 놀랐다.

"모르는 것이 당연해. 그 사실을 비밀로 하고 있으니까.

게다가 우리 군대는 모두 소녀들로 이루어져 있어."

진저 장군은 아주 자랑스러운 듯이 말했다.

"덕분에 우리의 반란이 아직도 알려지지 않고 있지."

"그렇군요. 하지만 군대는 어디 있죠?"

팁이 고개를 끄덕이며 물었다.

"약 일 킬로미터 정도 떨어진 곳에."

진저 장군이 대답했다.

"나의 명령에 따라 모든 병력이 오즈의 나라 전 지역에서부터 속속 모여들고 있어. 오늘이 바로 에메랄드 시를 정복하고 허수아비를 왕위에서부터 내쫓기로 한 날이야. 반란군은 내가 에메랄드 성으로 진격해 들어가기만을 손꼽아 기다리고 있어."

"그렇군요!"

팁이 긴 한숨을 내쉬며 감탄했다.

"정말 놀라운 일이네요. 그런데 왜 허수아비 왕을 내쫓으려고 하는지 그 이유를 좀 물어봐도 될까요?"

"한 가지 이유가 있지. 에메랄드 시는 원래 아주 오랫동안 인간들이 다스려왔으니까 허수아비 왕을 내쫓는 것은 당연해."

소녀가 설명했다.

"또한 그 도시는 온통 아름다운 보석으로 장식되어 있지. 그 보석으로 반지나 목걸이나 팔찌를 만든다면 훨씬 더 유용할 거란 말이야. 게다가 허수아비 왕의 보물 창고에는 우리 군대의 소녀들이 모두 멋진 새 옷을 열두 벌이나 사 입고도 남을 만한 돈이 쌓여 있어. 그렇기 때문에 우리는 그 도시를 정복하여 우리 마음대로 다스릴 생각이야."

진저 장군은 자신감과 확신에 가득 찬 얼굴이었다. 정말로 전쟁을 벌이려는 생각인 것 같았다.

"하지만 전쟁이란 끔찍하고 무서운 거예요."

팁이 심각하게 말했다.

"이 전쟁은 재미있을 거야."

소녀는 자신만만한 어조로 유쾌하게 대답했다.

"당신들 중에 많은 사람들이 죽게 될지도 몰라요!"

팁은 떨리는 목소리로 소녀를 설득하려고 했다.

"아니야, 그렇지 않아."

진저는 눈 하나 깜짝하지 않았다.

"이 세상에 어떤 사람이 소녀들을 상대로 싸우려고 하겠어? 감히 우리 같은 소녀들을 어떻게 해칠 수가 있느냐구? 게다가 우리 군대에는 못생긴 소녀라고는 단 한 명도 없단 말이야."

팁이 깔깔거리며 웃었다.

"어쩌면 당신 말이 맞을지도 모르겠군요. 하지만 성문지기는 아주 충실하고 고지식한 사람이에요. 그리고 왕의 군대들은 도시가 함락되도록 그냥 내버려두지는 않을 걸요."

"그 군대의 병사들은 모두 늙은 멍청이들뿐이야."

진저 장군이 콧방귀를 뀌었다.

"왕의 병사는 쓸데없는 수염을 기르느라 모든 힘을 낭비하고 있어. 그런데 병사의 아내가 어찌나 성질이 대단한지, 병사의 수염을 절반쯤 뿌리째 뽑았다고 하더군. 놀라운 능력을 지닌 마법사가 왕이었을 때에는 초록색 수염의 병사도 꽤 훌륭한 왕실 군대였지. 백성들이 마법사를 두려워했으니까 말이야. 하지만 이젠 아무도 허수아비를 두려워하지 않아. 그러니까 왕실 군대는 굳이 전쟁을 할 생각도 없다구."

이 말이 끝나자, 두 사람은 더 이상 아무 말 없이 열심히 걸어갔다. 잠시 후에 숲으로 둘러싸인 텅 빈 공터가 나타났다. 그곳에는 4백 명의 소녀들이 모여 있었다. 그들은 전쟁에 나왔다기보다는 소풍이라도 떠나는 사람들처럼 서로 웃고 떠드느라 정신이 없었다.

그들은 네 개의 부대로 나뉘어져 있었다. 팁이 자세히 살펴보니,

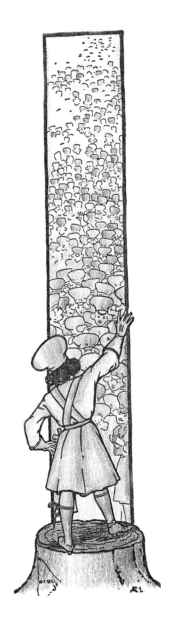

모두 다 진저 장군과 비슷한 옷을 입고 있었다. 단 한 가지 차이점이라고 한다면, 뭉크킨의 나라에서 온 소녀들은 치마의 제일 앞이 파란색 천으로 되어 있고 쿼들링의 나라에서 온 소녀들은 붉은색으로 되어 있고 윙키의 나라에서 온 소녀들은 노란색으로 되어 있다는 것이었다. 그리고 길리킨의 소녀들은 보라색 천이 제일 앞쪽에 있었다.

소녀들은 모두 그들이 정복하려고 하는 에메랄드 시를 상징하는 초록색 웃옷을 입고 있었다. 그리고 웃옷에 붙은 첫 번째 단추 색깔은 각 병사들의 나라를 나타냈다. 똑같은 제복을 수백 명의 소녀들이 입고 있는 광경을 보니, 유치할 정도로 알록달록한 옷도 상당히 효과적이고 그럴듯하게 여겨졌다.

팁은 이 이상한 군대가 아무런 무기도 갖고 있지 않다고 생각했다. 하지만 그의 생각은 잘못된 것이었다. 소녀들은 제각기 뒷머리에 길고 뾰족한 뜨개질 바늘을 꽂고 있었던 것이다.

진저 장군은 즉시 나무 그루터기 위로 올라가 큰소리로 병사들을 향해 연설을 시작했다.

"나의 동지, 시민, 소녀 여러분! 우리는 오즈의 백성들과 맞서서 위대한 전쟁을 시작하려고 합니다! 우리는 에메랄드 시를 정복하기 위해 행진할 것입니다. 허수아비 왕을 무찌르고 수천 개의 아름다운 보석을 차지할 것입니다. 그리고 왕실의 보물들을 빼앗고 이 압제자로부터 권력을 되찾을 것입니다!"

"만세!"

장군의 연설을 들은 소녀들이 소리쳤다. 하지만 팁이 보기에 병사들의 대부분은 서로 수다를 떠는데 열중한 나머지 장군의 말에는 귀를 기울이지 않는 것 같았다.

마침내 진격하라는 명령이 떨어졌다. 그러자 소녀들은 네 개의 부대로 나뉘어져서 에메랄드 시를 향해 씩씩하게 걸어가기 시작했다.

팁은 바구니와 짐보따리 몇 개를 손에 들고 그 뒤를 따라갔다. 진저 장군 이외에도 반란군 몇 사람이 그에게 짐을 맡겼던 것이다. 얼마 지나지 않아 군대는 에메랄드 시의 초록색 성벽 앞에 도착했다. 그들은 성문 앞에서 일제히 걸음을 멈추었다.

재빨리 달려나온 성문지기가 호기심이 가득한 눈초리로 그들을 바라보았다. 마을에 온 서커스단이라도 구경하는 듯한 태도였다. 그의 목에는 열쇠뭉치가 달린 황금 목걸이가 걸려 있었다. 성문지기는 한가롭게 두 손을 호주머니에 찔러넣은 채, 부드러운 목소리로 소녀들에게 말을 걸었다. 반란군이 쳐들어왔다고는 꿈도 꾸지 못하는 것 같았다.

"좋은 아침이군요! 무엇을 도와드릴까요?"

"즉시 항복하라!"

성문지기 앞에 우뚝 선 진저 장군이 소리쳤다. 그녀는 아름다운 얼굴을 최대한 험상궂게 찌푸리고 있었다.

"항복하라구요!"

깜짝 놀란 성문지기가 장군의 말을 따라했다.

"글쎄요. 그건 불가능합니다. 법을 위반하는 일이거든요. 저는 그런 말은 생전 처음 들어봅니다."

"그래도 항복해야만 한다!"

진저 장군은 사납게 소리쳤다.

"우리는 반란군이다!"

"그렇게 보이지는 않는군요."

성문지기가 감탄하는 눈빛으로 예쁜 소녀들을 한 명씩 바라보았다.

"아니다! 우리는 반란군이다!"

잔뜩 성이 난 진저 장군이 두 발을 구르며 소리쳤다.

"우리는 에메랄드 시를 정복하기 위해 왔단 말이다!"

"이런 세상에나!"

성문지기가 깜짝 놀라며 말했다.

"그게 무슨 말도 안되는 소리람. 어서 엄마가 기다리시는 집으로 돌아가도록 해요, 착한 아가씨들. 그리고 소젖을 짜거나 빵 굽는 법이나 배우란 말이오. 도시를 정복하는 것이 얼마나 위험한 일인지 알고나 있는 거요?"

"우리는 조금도 두렵지 않다!"

장군이 대답했다. 그녀의 표정이 너무나 단호했기 때문에 성문지기는 조금씩 마음이 불안해지기 시작했다.

마침내 성문지기는 종을 울려서 초록색 수염을 가진 병사

를 부르려고 했지만 그것은 몹시 경솔한 행동이었다. 왜냐하면 순식간에 뒷머리에서 뜨게질 바늘을 뽑아든 소녀들이 그를 둘러싸 버렸기 때문이었다. 그들은 뾰족한 뜨게질 바늘 끝을 성문지기의 통통한 두 뺨과 껌벅거리는 두 눈에 가까이 대고 위협했다.

가엾은 성문지기는 엉엉 울면서 자신을 해치지 말라고 애원했다. 그리고 조금도 망설이지 않고 얼른 진저 장군에게 목에 걸린 열쇠꾸러미를 넘겼다.

이제 장군이 이끄는 군대들은 거칠 것 없이 성문을 향해 진격했다. 그곳에서 오즈의 왕실 군대와 부딪혔다. 그것은 바로 초록색 수염을 기른 병사였다.

"멈춰라!"

병사는 긴 총을 장군의 얼굴에 가까이 대고 소리쳤다.

몇몇 소녀들이 비명을 지르며 뒤로 물러섰다. 하지만 진저 장군은 조금도 두려워하는 기색 없이 당당하게 맞섰다.

"그래서 어쩌겠다는 거지? 힘없고 불쌍한 어린 소녀를 총으로 쏘겠다는 말인가?"

"그건 아니다. 내 총은 장전도 되지 않았단다."

병사가 대답했다.

"장전이 되지 않았다구?"

"그래. 혹시 사고라도 날까봐 두려워서 장전하지 않았지. 사실 나는 탄약을 어디다 두었는지 그리고 어떻게 장전을 하는지조차 잊어버렸어. 하지만 잠깐만 기다려. 탄약을 찾아가지고 올 테니까.”

“그런 수고를 할 필요는 없다.”

진저 장군이 즐거운 목소리로 말했다. 그리고는 뒤에 서 있는 자신의 군대를 향해 큰소리로 외쳤다.

“소녀들이여, 이 총에는 탄약이 없다!”

“만세!”

이 소식을 들은 반란군들은 신이 나서 목청껏 소리쳤다. 그리고 초록색 수염을 가진 병사를 향해 일제히 덤벼들었다. 한꺼번에 어찌나 많이 몰려들었는지 그들이 뜨게질 바늘로 서로를 찌르지 않는 것이 신기할 정도였다.

오즈의 왕실 병사는 무섭게 밀려드는 소녀들을 보자, 완전히 겁에 질려 버렸다. 재빨리 뒤로 돌아서더니 혼비백산하여 궁전을 향해 달아나기 시작했다. 한편 진저 장군은 군대를 이끌고 무방비 상태인 도시 안으로 들어갔다.

이렇게 해서 에메랄드 시는 피 한 방울 흘리지 않고 반란군의 손에 넘어가고 말았다. 반란군은 이제 점령군이 된 것이다!

9

탈출을 계획하는 허수아비 왕

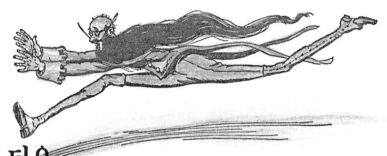

팁은 몰래 소녀들 틈에서 빠져나와 초록색 수염을 기른 병사의 뒤를 재빨리 따라갔다. 반란군들이 도시 안으로 진격해 들어가는데는 많은 시간이 걸렸다. 왜냐하면 성벽과 바닥에 박힌 에메랄드들을 뜨게질 바늘 끝으로 하나 하나 파내느라 정신이 없었기 때문이었다.

그 동안 병사와 팁은 도시가 점령되었다는 소문이 퍼지기 전에 왕궁에 도착할 수 있었다.

허수아비와 호박머리 잭은 여전히 뒷마당에서 고리 던지

기 놀이를 하고 있었다. 하지만 갑자기 들이닥친 오즈의 왕실 병사 때문에 그들의 놀이는 중단되고 말았다. 병사는 총과 모자까지 어디엔가 내버린 채, 허겁지겁 달려들어왔다. 그가 자랑하던 제복은 엉망이 되었고 긴 초록색 수염은 질질 끌려오고 있었다.

"내가 일점을 땄어."

허수아비 왕이 태연하게 말했다. 그리고 비로소 병사를 돌아보며 물었다.

"도대체 무슨 일인가?"

"오! 폐하, 폐하! 도시가 정복되었습니다!"

있는 힘을 다해 달려온 병사는 숨을 헐떡이며 말을 잇지 못했다.

"그거 놀라운 일이군."

허수아비 왕이 고개를 저었다.

"그렇다면 어서 가서 궁전의 모든 문과 창문을 굳게 닫아 버리거라. 나는 이 호박머리에게 어떻게 고리를 던지는지 보여줘야 하니까."

병사는 재빨리 명령을 실행에 옮기기 위해 달려갔다. 한편 병사의 뒤를 쫓아온 팁은 뒷마당에 서서 놀라운 눈으로 허수아비 왕을 바라보고 있었다.

왕은 자신의 왕위가 위험하다는 생각은 전혀 하지 않고 침착하게 고리 던지기를 계속했다. 바로 그때 팁을 발견한 호박머리가 나무다리를 어기적거리며 황급히 소년을 향해

달려왔다.

"안녕하세요. 나의 아버지!"

호박머리가 기쁨에 가득 차서 소리쳤다.

"아버지를 여기서 만나게 되다니 너무 기뻐요. 목마 녀석도 저와 함께 이곳에 있어요."

"그럴 거라고 생각했어. 그런데 다치지는 않았니? 금간데는 없어?"

"아니요. 무사히 도착했어요. 게다가 폐하께서 저를 무척 친절하게 대해주셨어요."

바로 이때 초록색 수염의 병사가 돌아왔다. 허수아비 왕이 물었다.

"그런데 누가 도시를 정복했다는 것이냐?"

"오즈 나라 전체에서 모여든 소녀들의 군대입니다."

병사의 얼굴은 여전히 두려움으로 새파랗게 질려 있었다.

"이런 때에 나의 군사들은 모두 어디에 있단 말이냐?"

허수아비 왕이 병사를 엄하게 노려보았다.

"폐하의 군사들은 모두 달아나고 있습니다."

병사가 솔직하게 대답했다.

"침략자들이 갖고 있는 무서운 무기와 맞서 싸울 수 있는 사람은 아무도 없을 것입니다."

"좋다."

허수아비는 잠시 생각에 잠겼다.

"사실 나는 왕위를 잃는다고 해도 별로 신경쓰지 않아.

에메랄드 시를 다스리는 일은 너무 지겨우니까 말이야. 게다가 이 왕관은 너무 무거워서 항상 머리가 지끈지끈하지. 하지만 정복자들이 나를 해치지 않을지 걱정스럽구나. 내가 우연히 이곳의 왕이 되었다고 해서 미워할지도 몰라."

"저는 그들이 하는 말을 들었습니다."

한동안 망설이던 팁이 입을 열었다.

"그들은 폐하의 겉옷으로는 발깔개를 만들고 폐하의 지푸라기로는 소파 쿠션을 만들 생각이라고 했습니다."

"그렇다면 나는 정말 큰일났구나."

허수아비 왕이 아무렇지도 않게 말했다.

"어떻게 달아날지 방법을 생각해야겠구나."

"어디로 갈 건가요?"

호박머리 잭이 물었다.

"내 친구 양철 나무꾼에게 갈까 해. 윙키들을 다스리고 있거든. 윙키는 그를 황제로 섬기고 있지. 나무꾼이라면 나를 보호해줄 거야."

팁이 창밖을 내다보았다.

"왕궁은 온통 적에게 둘러싸여 있어요. 달아나기에는 이미 너무 늦은 것 같군요. 저들은 곧 폐하를 조각조각 찢어버릴 거예요."

허수아비는 한숨을 쉬었다.

"긴급상황이다!"

허수아비 왕이 선언했다.

"이럴 때는 언제나 하던 일을 멈추고 곰곰이 생각을 해 보는 것이 제일 좋은 방법이지. 잠시 실례하겠노라."

"하지만 우리도 위험하기는 마찬가지예요."

호박머리 잭이 걱정했다.

"만약 이 소녀들이 요리를 할 줄 안다면, 제 목숨도 얼마 남지 않은 거예요!"

"말도 안돼!"

허수아비 왕이 소리쳤다.

"저 애들이 설사 요리를 할 줄 안다고 해도 너무 바빠서 요리 따위에 신경 쓸 틈이 없을 거야."

"하지만 저는 오랫동안 감옥에 갇혀 있게 될 기예요. 그러는 사이에 나는 썩어버리겠죠."

잭이 말했다.

"아! 그렇군. 그대는 다시 만들기도 쉽지 않겠어."

허수아비 왕이 진지하게 걱정하기 시작했다.

"내가 생각할 수 있도록 잠깐만 조용히 있어준다면, 너희 모두를 데리고 달아날 수 있는 방법을 찾아보도록 하겠다."

허수아비 왕은 방 한쪽 구석으로 걸어가더니 벽에 머리를 기댄 채, 오분 동안 가만히 서 있었다.

그 동안 다른 사람들은 입을 다물고 참을성 있게 기다렸다. 마침내 허수아비 왕이 다시 돌아섰을 때, 그의 얼굴은 환하게 밝아져 있었다.

"네가 타고 온 목마는 어디에 있지?"

허수아비가 호박머리에게 물었다.

"제가 그 녀석이 귀중한 보물이라고 말했더니 당신의 부하가 왕실 보물 창고에 집어넣었어요."

잭이 대답했다.

"제가 생각하기에 목마를 보관할 수 있는 곳은 그곳밖에 없는 것 같았습니다, 폐하."

병사는 혹시 자신이 무슨 잘못이라도 저지른 것이 아닌가 두려워하며 황급히 변명했다.

"아니다, 아주 잘했다. 먹을 것은 주었느냐?"

허수아비 왕이 말했다.

"그럼요. 톱밥을 가득 담아 주었습니다."

"아주 잘했구나."

허수아비 왕이 칭찬했다.

"그 말을 당장 데리고 오너라."

병사는 서둘러 달려갔다. 잠시 후에 요란한 말발굽 소리가 들려오더니, 뒷마당으로 목마가 이끌려 들어왔다.

허수아비 왕은 의심스러운 눈초리로 목마를 살펴보았다.

"그다지 우아한 모습은 아니군. 이런 말이 달릴 수나 있을까?"

"그럼요. 달릴 수 있고말고요."

"그렇다면 우리 모두 목마를 타고 반란군들 사이를 쏜살같이 빠져나가야만 한다. 내 친구인 양철 나무꾼을 찾아가는 거야."

허수아비 왕이 결정을 내렸다.

"네 명이나 탈 수는 없어요!"

팁이 반대하고 나섰다.

"아니다. 세 명만 태우고 가면 되는 거야. 나의 왕실 군대는 이곳에 남아 있을 것이다. 이렇게 간단하게 적에게 패하는 것을 보니, 나는 더 이상 그를 신뢰할 수가 없게 되었다."

"이런 일이 일어날 줄 알았어요."

병사가 잔뜩 화가 난 어조로 말했다.

"하지만 괜찮습니다. 내 사랑스러운 초록색 수염을 잘라서 번장을 하면 되니까요. 이쨌든 이 시납고 제멋대로인 목마를 타고 달아나는 것보다는 저 건방진 여자애들과 맞서는 편이 차라리 덜 위험할 것 같군요."

"어쩌면 네 말이 맞을지도 모른다."

허수아비 왕이 고개를 끄덕였다.

"비록 나는 군인은 아니지만, 위험스러운 모험을 좋아한다. 자, 소년이여. 제일 먼저 말에 타거라. 말의 목에 바싹 다가앉도록 해라."

팁은 재빨리 말 등에 올라탔다. 병사와 허수아비 왕은 힘을 합하여 어기적거리는 호박머리 잭을 간신히 팁의 뒷자리에 올려 놓을 수 있었다. 그리고 나니 왕이 탈 자리는 얼마 남지 않았다. 목마가 걸음을 옮기자마자, 당장이라도 말에서 떨어질 것 같았다.

"허리끈을 가져오너라."

왕이 병사에게 명령했다.

"그리고 우리를 모두 묶어라. 만약 한 사람이 떨어지면 우리 모두 함께 떨어지는 것이다."

병사가 허리끈을 가지러 간 사이에 허수아비 왕은 계속해서 말했다.

"나는 아주 조심해야만 한다. 목숨이 위태로우니까!"

"저도 폐하만큼이나 조심해야만 합니다."

잭이 말했다.

"꼭 그렇지는 않지."

허수아비가 대답했다.

"만약 나에게 무슨 일이 일어나면 나는 이대로 끝이야. 하지만 너에게 무슨 일이 일어나면, 사람들은 네 씨앗을 가지고 씨를 뿌릴 수가 있을 것이다."

그때 병사가 긴 끈을 가지고 돌아왔다. 그리고 세 사람을 단단히 묶고서 목마의 몸에 다시 끈을 묶었다. 그렇게 하고 나니 굴러떨어질 위험은 훨씬 적어진 것 같았다.

"이제 궁전의 문을 열어라!"

허수아비 왕이 명령을 내렸다.

"죽을 힘을 다해 달려나가야 한다."

목마가 서 있는 뒤뜰은 이 커다란 궁전의 한가운데 자리 잡고 있었다. 뜰을 중심으로 궁전이 빙 둘러져 있었던 것이다. 하지만 밖으로 나가는 대문으로 연결되는 통로는 하나뿐이었다. 그곳은 왕의 명령에 따라 굳게 잠겨 있었다. 허수아비 왕은 이 문을 통해서 달아날 생각이었다. 왕실 병사는 대문 앞까지 목마를 이끌고 가더니 빗장을 열었다. 대문은 요란한 소리를 내며 활짝 열렸다.

"이제부터 네가 우리 모두의 목숨을 구해주어야만 한다."

팁이 목마에게 당부했다.

"성문까지 최대한 빨리 달려라. 무슨 일이 있어도 절대로 멈춰서는 안돼."

"좋아요!"

씩씩하게 대답한 목마는 번개처럼 달리기 시작했다. 어찌나 순식간에 달려나갔는지, 팁은 잔뜩 숨을 죽인 채 목마의 목에 박힌 나무토막을 꽉 붙잡고 있어야만 했다.

궁궐 밖에서 보초를 서고 있던 소녀들은 미친듯이 달리는 목마의 발에 채여 넘어졌다. 다른 소녀들도 비명을 지르며 길을 비켜주었다. 오직 한두 명의 소녀만이 달아나는 포로를 향해 뜨개질 바늘을 정신없이 휘두를 뿐이었다. 그 바람에 팁은 왼쪽 팔이 약간 긁혀서 한동안 빨갛게 자국이 남았다. 하지만 허수아비나 호박머리 잭에게는 아무런 문제가 되지 않았다. 그들은 바늘에 찔려 상처를 입는 일 따위는 걱정조차 하지 않았던 것이다.

목마로 말하자면, 그는 아주 놀라운 기록을 세웠다. 과일 마차를 한 대 뒤엎었으며, 아무 죄없는 사람들을 여러 명 쓰러뜨렸고, 결국에는 새로운 성문지기를 뛰어넘어 달아났다. 진저 장군이 임명한 이 성문지기는 뚱뚱하고 키가 작은 소녀였다.

끈질긴 추격자들도 그들을 따라잡을 수는 없었다. 일단 에메랄드 성벽 밖으로 빠져나온 그들은 길을 따라 서쪽으로 바람처럼 달려갔다. 격렬하게 흔들리는 목마의 등에 매달린 팁은 숨조차 제대로 쉬지 못했다. 허수아비 왕 또한 너무 놀라서 반쯤 넋이 나간 것 같았다.

하지만 잭은 이미 한번 목마를 타고 달려본 적이 있었기 때문에, 오직 있는 힘을 다해 양쪽 손으로 호박머리가 빠져나가지 않도록 붙잡고 있는 일에만 정신을 쏟았다. 그리고 목마가 아무리 무섭게 덜컥거려도 철학자와 같은 인내심으로 참고 견디었다.

"말을 좀 천천히 달리라고 해! 천천히 달리라구!"

허수아비가 다급하게 소리쳤다.

"내 다리에 넣은 지푸라기가 다 빠져나가고 있잖아!"

하지만 팁은 숨이 턱에까지 차서 아무 말도 할 수가 없었다. 그러므로 목마는 아무런 거리낌도 없이 있는 힘을 다해 자신의 의무를 다할 뿐이었다.

곧 그들은 넓은 강가에 도착했다. 목마는 조금도 주저하지 않고 강물을 향해 풍덩 뛰어내렸다. 그들은 모두 강물 한가운데 빠져버렸다.

몇초 후에 그들은 거품을 일으키고 몸을 버둥거리면서 수면 위로 떠올랐다. 목마는 미친듯이 발 딛을 땅을 찾아 몸부림쳤다. 한편 목마의 등 위에 타고 있던 일행은 빠른 물살에 휩쓸려 코르크 마개처럼 떠내려가기 시작했다.

10
양철 나무꾼을 찾아서

온몸이 흠뻑 젖은 팁은 머리에서부터 발끝까지 물이 뚝뚝 흘러내렸다. 하지만 가까스로 몸을 앞으로 숙이고 목마의 귀에다 대고 소리쳤다.

"가만히 좀 있어! 멍청아! 가만히 좀 있으란 말이야!"

말이 즉시 몸부림을 멈추었다. 그러자 나무로 만들어진 말의 몸뚱이가 마치 뗏목처럼 수면 위에 둥둥 떠올랐다.

"도대체 멍청이가 무슨 뜻이죠?"

목마가 물었다.

"그것은 누군가를 야단칠 때 쓰는 말이야."

팁이 몹시 쑥스러운 표정을 지으며 대답했다. 그리고 팁은 큰소리로 호박머리 잭을 불렀다.

"괜찮니, 잭?"

아무런 대답이 없었다. 그래서 허수아비 왕을 불렀다.

"괜찮으십니까, 폐하?"

허수아비 왕은 신음소리를 내었다.

"전혀 괜찮지가 않구나. 물에 흠뻑 젖어버렸어!"

하지만 팁은 끈에 꽁꽁 묶여 있었기 때문에 뒤를 살펴볼 수도 없었다. 팁은 목마의 귀에 대고 명령을 내렸다.

"다리를 저어서 강둑으로 올라가라."

말은 팁이 시키는 대로 헤엄을 쳤다. 아주 천천히 움직이기는 했지만, 마침내 그들은 강기슭에 도착할 수 있었다.

팁은 이런저런 고생 끝에 간신히 호주머니에서 칼을 꺼내어 그들을 꽁꽁 동여매고 있는 끈을 자를 수가 있었다. 그 순간 허수아비가 털썩 하면서 진흙바닥 위에 떨어지는 소리가 들려왔다. 팁은 재빨리 말에서 내려와 잭이 어찌되었는지 살펴보았다.

알록달록한 옷을 차려 입은 나무 몸은 그대로 말을 타고 앉아 있었지만, 호박머리는 어디론가 사라지고 없었다.

한편 허수아비는 몸을 채우고 있던 지푸라기가 모두 아래쪽으로 쏠리는 바람에 다리와 몸 아래부분이 터질듯이 잔뜩 부풀어올랐다. 반면 허리 위쪽은 텅빈 자루처럼 힘없이 늘어져 있었다. 허수아비 왕의 머리 위에는 여전히 무거운 왕관이 매달려 있었다. 왕관을 잃어버리지 않도록 실로 꿰매놓았기 때문이었다. 완전히 물에 젖어버린 머리는 황금과 보석의 무게를 견디지 못하고 앞으로 폭 쓰러져 버렸다. 눈 코 입을 그려놓은 얼굴은 우글쭈글하게 구겨졌다. 그 모습은 마치 일본산 강아지처럼 보였다.

팁은 당장이라도 웃음이 터져나올 것 같았다. 잭 때문에 마음이 무겁지만 않았더라면 틀림없이 큰소리로 웃었을 것이다. 어쨌든 허수아비 왕은 아무리 모양이 엉망이 되었다고 해도 모든 것이 무사했다. 하지만 호박머리 잭은 가장 중요한 부분이 사라져 버린 것이다. 팁은 근처에 떨어져 있는 긴 장대를 손에 들고서 강을 향해 달려갔다.

팁은 강 한가운데에서 호박처럼 황금빛이 나는 물체가 물결을 타고 가라앉았다 떠올랐다 하는 것을 발견했다. 그때까지만 해도 도저히 팁이 건져올릴 수 없을 정도로 먼 거리였다. 팁이 장대를 들고 강가에 도착했을 무렵에는 손을 뻗어 잡을 수 있을 정도로 아주 가까이 떠내려와 있었다.

팁은 호박머리를 들고 서둘러 강둑 위로 올라갔다. 그리고 수건으로 조심스럽게 물을 닦아낸 다음, 잭의 몸이 있는 곳까지 달려가서 다시 머리를 끼웠다.

"이런 세상에!"

잭이 처음 뱉은 말이었다.

"얼마나 끔찍한 경험이었는지 몰라요! 그런데 호박에 물

이 들어가면 상해버릴까요? 나는 그게 궁금했어요."

하지만 팁은 미처 대답할 틈이 없었다. 허수아비 왕도 그의 도움을 기다리며 서 있었기 때문이었다. 팁은 조심스럽게 왕의 몸에서 지푸라기를 꺼내어 햇볕에 말렸다. 그리고 젖은 옷가시는 목마의 등 위에 널어 놓았다.

"물에 젖어서 호박이 상한다면 이제 나의 목숨도 얼마 남지 않았구나!"

잭은 깊은 한숨을 내쉬었다.

"나는 물에 젖어서 호박이 상한다는 말은 한번도 들어본 적이 없는걸. 그 물이 끓는 물만 아니라면 말이야. 이 친구야, 네 머리에 금만 가지 않았다면 너는 아주 멀쩡하다구."

"오, 내 머리에는 전혀 금이 가지 않았어요."

잭이 아주 신나서 말했다.

"그럼 걱정하지 마. 쓸데없는 걱정이 고양이를 죽일 수도 있다고 했어."

팁이 구박을 했다.

"그래요? 내가 고양이가 아닌 것이 정말 기쁘군요."

잭은 아주 진지한 목소리로 대답했다.

뜨거운 햇살 아래에서 그들의 젖은 옷은 금방 말랐다. 팁은 축축해진 지푸라기를 툭툭 흔들어서 물기가 완전히 없어지도록 했다. 지푸라기가 예전처럼 바싹 마르자, 팁은 허수아비의 속을 차곡차곡 채워넣기 시작했다. 곧 허수아비의 얼굴은 옛날과 같은 즐겁고 명랑한 표정을 되찾았다.

"고마워! 정말 고마워!"

이리저리 몇 발자국을 걸어본 허수아비 왕은 자신의 몸이 균형있게 잘 채워졌다는 것을 확인했다.

"허수아비로 살면 여러 가지 장점이 있지. 그 중에 하나는 만약 다시 고쳐줄 수 있는 친구가 옆에 있기만 하면, 어떤 일이 일어나더라도 별로 걱정할 필요가 없다는 거야."

"그런데 나는 뜨거운 햇살 때문에 호박에 금이 가지는 않을까 걱정스러워요."

잭의 목소리는 두려운 듯이 떨리고 있었다.

"그렇지 않아. 전혀 그렇지 않다구!"

허수아비가 명랑하게 대답했다.

"이봐, 자네가 걱정해야 할 것은 오직 나이먹는 일뿐이야. 너의 황금빛 젊음이 사라지고 나면, 우리는 곧 헤어지게 될 거야. 하지만 그걸 미리 생각할 필요는 없지. 언젠가는 알게 될 테니까 말이야. 자, 어서 여행이나 떠나자구! 나는 한시라도 빨리 내 친구 양철 나무꾼을 만나고 싶어."

그들은 다시 목마 위에 올라탔다. 팁은 나무토막을 붙잡고 호박머리는 팁의 등에 착 달라붙고 허수아비는 두 손으로 잭의 나무 몸뚱이를 꼭 붙잡았다.

"천천히 가자. 더 이상 쫓아올 염려가 없으니까 말이야."

팁이 목마에게 말했다.

"좋아요!"

그들은 한동안 조용히 말을 타고 갔다.

얼마 후에 허수아비 왕이 입을 열었다.

"옛날 생각이 나는군. 내가 서쪽 나라의 나쁜 마녀가 보낸 까마귀떼들로부터 도로시를 구한 적이 있었지."

"까마귀들이 호박을 해칠까요?"

잭이 두려운 듯이 주위를 두리번거렸다.

"그들은 모두 죽었어. 걱정하지 마."

허수아비가 대답했다.

"그리고 이곳에서 양철 나무꾼이 나쁜 마녀의 회색 늑대를 없애버렸지."

"양철 나무꾼이 누구죠?"

팁이 물었다.

"내가 지금 찾아가고 있는 친구가 바로 양철 나무꾼이야. 또 이곳에서 날개 달린 원숭이들이 나타나 우리를 망가뜨리고 도로시를 납치해 가버렸단다."

허수아비는 계속해서 말을 이었다. 앞으로 갈 길이 멀었기 때문이었다.

"날개 달린 원숭이가 호박을 잡아먹을까요?"

"그건 잘 모르겠군. 하지만 걱정할 필요가 전혀 없어. 날개 달린 원숭이들은 이제 착한 마녀 글린다가 자유롭게 해 주었으니까 말이야. 글린다는 황금모자를 그들에게 돌려줬거든."

한동안 허수아비는 지난날의 모험을 떠올리며 혼자 생각에 빠져서 즐거워했다.

한편 목마는 꽃들이 여기저기 피어 있는 들판 위를 쉬지 않고 터벅터벅 걸어갔다.

뉘엿뉘엿 해가 지기 시작하더니, 어둠이 밀려왔다. 팁이 말을 세우자, 모두들 말에서 내렸다.

"나는 완전히 지쳤어!"

소년은 커다랗게 하품을 했다.

"이곳 풀밭은 아주 부드럽고 좋구나. 이곳에 누워서 아침이 될 때까지 잠을 자도록 하자."

"난 잠을 자지 않아요."

잭이 말했다.

"나도 그래."

허수아비가 말했다.

"난 잠이 뭔지도 모르는걸."

목마가 말했다.

"그래도 우리는 이 가엾은 소년의 입장을 생각해주어야만 해. 이 아이는 살과 피와 뼈로 만들어졌기 때문에 쉽게 피곤해지거든."

허수아비 왕이 늘 그렇듯이 사려 깊은 태도로 말했다.

"도로시도 이 소년과 똑같았어. 도로시가 잠을 자는 동안 우리는 언제나 그 옆에 앉아서 밤을 지새우곤 했지."

"미안해. 어쩔 수가 없어. 게다가 나는 무척 배가 고파."

팁이 말했다.

"또다시 새로운 위험이 닥쳐오는구나!"

잭이 걱정스럽게 소리쳤다.

"제발 호박을 먹지는 말아줘요."

"너를 끓여서 호박죽을 만들거나 파이로 만들기 전에는 절대로 먹지 않아. 그러니까 날 무서워하지 마, 잭."

소년이 깔깔 웃으며 놀려댔다.

"한심한 겁쟁이 호박머리 같으니라구!"

목마가 콧방귀를 뀌었다.

"너도 네 자신이 얼마나 쉽게 망가질 수 있는지 알게 된다면 겁쟁이가 되지 않을 수 없을 거야."

화가 난 잭이 쏘아붙였다.

허수아비가 둘 사이에 끼어들었다.

"자, 자 —— 싸우지 말자구. 사랑하는 친구들, 우리는 저마다 약점이 있기 마련이야. 그러니까 서로 돕고 살아야만 해. 이 가엾은 소년은 배가 무척 고픈데 먹을 것은 하나도 없잖아. 그러니까 우리는 조용히 입을 다물고 이 아이가 잠이 들 수 있도록 도와주자. 잠이 들면 인간들은 배고픔조차 잊어버린다고 하니까 말이야."

"정말 고마워요! 폐하는 현명하실 뿐만 아니라 마음씨도 고우시군요!"

팁은 허수아비의 다리를 베개 삼아서 풀밭에 누웠다. 그리고 곧 깊은 잠에 빠져들었다.

11
니켈로 도금한 황제

새벽이 밝아오자 팁은 잠에서 깨어났다. 하지만 허수
아비 왕은 벌써 근처 덤불숲을 돌아다니며 잘 익은 딸기를
두 손 가득히 따가지고 왔다. 소년은 아침 식사로 이 딸기
를 맛있게 먹었다. 그리고 이들은 다시 여행을 계속했다.

한 시간 정도 달려간 끝에 그들은 언덕의 꼭대기에 도착
했다. 그곳에 서니 윙키의 나라가 한눈에 내려다보였다. 그
리고 평범한 집들 사이로 황제가 사는 궁전의 둥근 지붕이
불쑥 솟아 있는 것도 보였다.

이 광경을 본 허수아비는 몹시 흥분해서 소리쳤다.

"옛 친구인 양철 나무꾼을 다시 보게 되다니! 얼마나 기쁜 일인지! 그 친구가 나보다 더 백성들을 잘 다스렸으면 좋으련만!"

"양철 나무꾼이 윙키들의 황제인가요?"

"그렇단다. 나쁜 마녀가 죽은 다음에 윙키들은 곧 나무꾼에게 자신들의 왕이 되어달라고 부탁했지. 양철 나무꾼은 이 세상에서 가장 훌륭한 마음을 갖고 있으니 틀림없이 능력있고 뛰어난 황제가 되었을 거야."

"'황제'라는 호칭은 제국을 다스리는 사람에게나 붙이는 것 아닌가요?"

팁이 물었다.

"그런데 윙키들의 나라는 그저 왕국이잖아요?"

"양철 나무꾼 앞에서 그런 말은 절대로 꺼내지 말아라!"

허수아비 왕은 진심으로 충고했다.

"그 말을 들으면 나무꾼은 몹시 기분이 상할 거야. 그 친구는 자부심이 아주 강하거든. 물론 자부심을 가져도 좋을 만한 친구이지. 어쨌든 그 친구는 왕보다는 황제라고 불리는 것을 더 좋아한다구."

목마는 이제 빠른 속도로 종종걸음을 치기 시작했다. 목마의 등에 올라탄 일행은 떨어지지 않기 위해 다시 서로를 꽉 붙잡아야만 했다. 그러므로 궁전 계단 앞에 도착할 때까지 더 이상 아무 말도 할 수가 없었다.

은빛 제복을 입은 한 늙은 윙키가 재빨리 달려오더니 그들이 말에서 내리는 것을 도와주었다. 허수아비는 윙키에게 말했다.

"당장 너의 주인인 황제에게로 우리를 인도하여라!"

윙키는 난처한 표정으로 그들을 바라보았다. 그리고 머뭇거리며 대답했다.

"죄송하지만 잠시 기다리셔야만 합니다. 오늘 아침에는 황제를 뵐 수가 없습니다."

"무슨 일이냐?"

허수아비가 걱정스럽게 물었다.

"무슨 일이 일어난 것은 아니겠지?"

"아닙니다. 아무 일도 없습니다. 오늘은 황제께서 광택을 내는 날입니다. 그래서 존귀하신 옥체에 포마드 기름을 잔뜩 칠하고 있는 중입니다."

윙키가 대답했다.

"오, 알겠어!"

허수아비는 크게 안도했다.

"내 친구는 예전부터 멋쟁이가 되고 싶어했지. 요즘은 옛날보다도 훨씬 더 자신의 외모를 뽐내고 있겠군."

"그렇습니다."

윙키가 공손히 절을 하며 말했다.

"우리 황제께서는 최근 몸에 니켈을 입히시려고 하고 있습니다."

"이런 세상에!"

이 말을 들은 허수아비가 한탄했다.

"그 친구가 자기 머리를 그만큼 갈고 닦았다면 지금쯤 얼마나 눈부시게 빛났을까! 어쨌든 우리를 안으로 안내하거라. 황제께서는 틀림없이 우리를 맞아주실 거다. 보통 때 모습 그대로라도 말이다."

"황제께서는 언제나 멋진 모습을 하고 계십니다."

윙키가 말했다.

"그렇다면 황제께 여러분들이 도착했다는 소식을 전해드리겠습니다. 그리고 황제의 명령을 받아 오겠습니다."

허수아비 왕 일행은 시종의 뒤를 따라 화려하게 꾸며진 응접실로 들어갔다. 목마는 어기적 어기적 그들 뒤를 따라왔다. 말은 밖에 남아 있어야 한다는 사실을 몰랐기 때문이었다.

처음에 그들은 방 안을 둘러보고 너무 놀라서 입이 딱 벌어지고 말았다. 심지어 허수아비 왕조차 작은 은도끼가 장식으로 달려 있는 화려한 은빛 커튼을 살펴보고 감탄하는 빛이 역력했다. 방 한가운데 놓인 우아한 식탁 위에는 커다란 은제 기름통이 세워져 있었다. 그 기름통에는 지난날 양철 나무꾼과 도로시, 겁쟁이 사자 그리고 허수아비가 겪었던 모험의 여러 장면들이 섬세하게 새겨져 있었다. 그리고 파인 홈을 따라서 황금이 덧입혀져 있었다.

벽에는 커다란 초상화들이 걸려 있었는데, 그 중에서도

허수아비의 초상화가 눈에 띄게 훌륭한 솜씨로 정성껏 그려져 있었다. 한편 그 유명한 마법사 오즈의 초상은 거의 한쪽 벽을 다 뒤덮을 정도로 어마어마하게 컸다. 그림 속의 오즈는 양철 나무꾼에게 심장을 만들어주고 있었다.

허수아비 왕 일행이 할 말을 잃은 채 왕실 안을 정신없이 구경하고 있을 때, 갑자기 옆방에서 커다란 목소리가 들려왔다.

"뭐라구! 그게 정말이냐?"

다음 순간 문이 벌컥 열리면서 양철 나무꾼이 방 안으로 뛰어들었다. 그리고 쏜살같이 허수아비에게로 달려가더니 허수아비의 몸이 다 일그러질 정도로 힘껏 껴안았다.

"나의 친구여! 나의 고귀한 동지여!"

양철 나무꾼이 기쁨에 들떠 소리쳤다.

"그대를 다시 만나게 되다니! 이 얼마나 기쁜 일인가!"

허수아비를 품 안에서 떼어놓은 나무꾼은 다시 그를 약간 멀리 세워놓고 마치 사랑스러운 작품을 감상하듯이 애정어린 눈길로 찬찬히 바라보았다.

그런데 이게 웬일인가! 허수아비의 얼굴과 몸에는 온통 포마드 기름이 얼룩져 있었다. 양철 나무꾼은 한시라도 빨리 친구를 만나고 싶다는 생각 때문에 자신이 기름칠을 하고 있다는 사실조차 까맣게 잊어버리고 만 것이다. 그래서 결국 자신의 몸에 두껍게 칠해져 있던 기름을 친구의 몸에다 닦아버린 셈이 되었다.

"세상에! 이게 무슨 꼴이람!"

허수아비가 투덜거렸다.

"걱정하지 말게, 친구여! 그대를 나의 황실 세탁소로 보내줄 테니까. 그곳에 갔다오면 새것처럼 깨끗해질 걸세."

양철 나무꾼이 사신있게 밀하며 일행들을 둘러보았다.

"그런데 허수아비 왕께서 이곳에는 어떻게 왔는가? 그리고 함께 오신 이 분들은 누구신가?"

허수아비는 아주 정중한 태도로 팁과 호박머리 잭을 양철 나무꾼에게 소개했다. 특히 황제는 호박머리 잭에 대해 커다란 호기심을 보이는 것 같았다.

"솔직히 말해서 별로 튼튼하게 보이지는 않는군."

황제가 한 마디 했다.

"하지만 아주 특별한 것은 분명해. 그러므로 우리 모임의 소수 정예 회원으로 받아들여줄 만하겠군."

"감사합니다. 폐하."

잭이 공손하게 인사를 했다.

"그래, 건강은 좋은가?"

나무꾼이 물었다.

호박머리가 깊은 한숨을 내쉬었다.

"지금은 괜찮지만 언젠가는 반드시 망가져버릴 것이라는 두려움으로 항상 떨고 있습니다."

"말도 안되는 소리!"

황제가 동정어린 목소리로 호박머리를 격려했다.

"부디 걱정하지 말라. 내일 비가 온다 하더라도 오늘은 햇빛이 비추리니. 너의 머리가 망가지기 전에 양철을 씌우면 될 것 아니냐. 그렇게 하면 네 머리는 영원히 보존될 것이다."

두 사람이 이런 대화를 나누는 동안, 팁은 놀란 기색을 숨김없이 드러내며 정신없이 양철 나무꾼을 바라보았다. 그리고 그 유명한 윙키 나라의 황제가 다름 아닌 양철 조각을 사람의 모양으로 녹이고 땜질해서 만든 것이라는 사실을 깨달았다. 양철 나무꾼은 몸을 움직일 때마다 조금씩 삐그덕거리는 소리를 냈다. 하지만 놀랄 만큼 정교하고 뛰어난 솜씨로 만들어진 것임에는 틀림없었다. 그의 모습에서 한 가지 흠이라면 머리끝에서부터 발끝까지 덕지덕지 발라

놓은 기름뿐이었다.

팁의 끈질긴 시선을 의식한 양철 나무꾼은 마침내 자신이 지금 가장 멋진 상태가 아니라는 사실을 떠올렸다. 나무꾼은 친구들에게 잠깐 실례하겠다고 말하고서 밀실로 들어가 다시 윤을 내기 시작했다.

광택을 내는 일은 금방 끝이 났다. 황제가 다시 돌아왔을 때, 니켈을 입힌 그의 몸은 눈이 부시게 번쩍거렸다. 그 모습이 얼마나 멋지고 화려하던지 허수아비는 훌륭하게 변모한 친구를 진심으로 축하해주었다.

"솔직히 말해서 니켈을 입힌다는 것은 아주 좋은 생각이었다네."

황제가 말했다.

"여러 모험을 겪는 동안 여기저기가 많이 긁혔기 때문에 더욱더 필요한 일이었지. 나의 왼쪽 가슴에 새겨넣은 이 별 모양을 좀 보라구. 이 별은 나의 훌륭한 심장이 그곳에 있다는 표시이기도 하지만, 위대한 마법사 오즈가 그 소중한 기관을 뛰어난 솜씨로 내 가슴 속에 집어넣을 때 어쩔 수 없이 생긴 자국을 멋지게 감추기 위한 것이기도 해."

"그렇다면 당신의 심장은 사람이 만든 가짜인가요?"

호박머리가 호기심을 보였다.

"절대로 그렇지 않다."

황제는 위엄 있는 목소리로 당당하게 대답했다.

"내가 확신하건대 나의 심장은 틀림없는 진짜 심장이다.

비록 보통 사람들이 가지고 있는 것보다 훨씬 더 크고 더 따뜻하기는 하지만 말이다."

황제는 허수아비 왕을 향해 고개를 돌렸다.

"너희 백성들은 모두 행복해하고 있나, 친구여?"

"뭐라고 할 말이 없군."

허수아비 왕이 대답했다.

"왜냐하면 오즈의 소녀들이 반란을 일으켜서 나를 에메랄드 시에서 내쫓아버렸거든."

"세상에! 그럴 수가!"

양철 나무꾼이 부르짖었다.

"이게 무슨 재난이란 말인가? 자네의 현명하고 자비로운 통치에 대해 불만이 있었을 리가 없을 텐데?"

"물론 불만은 없었어. 하지만 그들은 나에게 아무 일도 하지 못하는 무능력한 통치자라고 하더군. 게다가 소녀들은 지금까지 너무 오랫동안 남자가 도시를 다스려왔다고 주장하고 있어. 그래서 내 도시를 차지하고 보물이 잔뜩 들어 있는 창고를 빼앗았지. 지금은 자기들 뜻대로 도시를 다스리고 있을 거야."

"이럴 수가! 그것 참 놀라운 생각이군!"

황제는 커다란 충격을 받았다.

"저는 그 중에 몇 사람이 이렇게 말하는 걸 들었어요."

팁이 보고했다.

"이곳으로 진격하여 성을 포위하고 양철 나무꾼의 나라도 빼앗겠다고 말입니다."

"이럴 수가! 그런 짓을 하도록 내버려두어서는 안되지!"

황제가 서둘러 말했다.

"당장 가서 에메랄드 시를 다시 찾도록 하지. 그리고 허수아비 자네를 다시 왕위에 올려주겠네."

"나는 틀림없이 자네가 나를 도와줄 거라고 생각했어."

허수아비가 기뻐했다.

"자네가 모을 수 있는 군대는 몇 명이나 되는가?"

"우리는 한 명의 병사도 필요없어. 우리 네 사람이라면 나의 번쩍이는 도끼의 힘을 빌려서 저 반란군을 무찌르기에 충분하다구."

"우리는 다섯 명입니다."

호박머리 잭이 끼어들었다.

"다섯이라고?"

양철 나무꾼이 되물었다.

"그렇습니다. 아주 용감하고 무서움을 모르는 목마가 한 마리 있습니다."

잭은 불과 얼마 전까지 목마와 싸운 사실을 까맣게 잊어버리고 목마를 열심히 칭찬했다. 이 말을 듣자, 양철 나무꾼은 어리둥절한 표정으로 주위를 둘러보았다. 그때까지도 목마는 한쪽 구석에 조용히 서 있었기 때문에, 황제는 그를 알아차리지 못하고 있었던 것이다.

팁은 즉시 이 이상하게 생긴 짐승을 그들 앞으로 불러냈다. 목마는 비틀거리며 다가와서 아름다운 책상과 황금을 새겨넣은 기름통을 뒤엎어 버렸다.

"이 세상에 놀라운 일은 끝이 없군!"

양철 나무꾼은 목마를 열심히 살펴보았다.

"이 녀석은 어떻게 살아나게 되었지?"

"제가 마법의 가루로 그렇게 했습니다."

소년이 설명했다.

"이 목마는 저희에게 아주 쓸모가 있었습니다."

"목마 덕분에 반란군들 틈에서 달아날 수 있었지."

허수아비가 덧붙였다.

"그렇다면 이 녀석도 우리 일행 중의 하나로 끼워주어야 만 하겠군."

황제가 선언했다.

"살아 있는 목마라니 참으로 신기한 일이야. 흥미로운 관심거리군. 혹시 뭘 좀 아는 게 있을까?"

"글쎄요. 저는 인생에 대한 경험이 별로 없습니다."

목마가 직접 대답했다.

"하지만 저는 아주 빨리 배우는 것 같습니다. 어떤 때에 는 어느 누구보다도 제가 아는 것이 제일 많은 것처럼 생각 될 때가 있거든요."

"어쩌면 그럴지도 모르지."

황제가 고개를 끄덕거렸다.

"왜냐하면 경험이 많다고 항상 지혜로운 것은 아니니까

말이야. 하지만 지금은 한시가 급한 상황이니 어서 여행을 떠날 준비를 하도록 하자."

황제는 황실의 수상을 불렀다. 그리고 자신이 없는 동안 왕국을 어떻게 다스려야 할지 지시를 내렸다.

한편 허수아비는 머리와 몸을 둘로 나누어서 황실 세탁소로 가져갔다. 그곳에서 얼굴을 그려넣은 머리를 깨끗하게 세탁하고 위대한 마법사가 만들어준 두뇌를 다시 집어넣었다. 허수아비의 옷은 깨끗이 빨아서 황실의 재단사가 빳빳하게 다림질을 했다. 허수아비의 왕관도 반짝반짝 윤을 낸 다음, 그의 머리에 꿰매 놓았다. 양철 나무꾼이 왕권의 상징인 왕관을 버려서는 안된다고 주장했기 때문이었다.

이제 허수아비는 아주 멋지고 위엄있는 모습을 갖추게 되었다. 비록 나무꾼처럼 허영심에 물들지는 않았지만, 허수아비는 자신의 새로운 모습이 너무나 자랑스러운 나머지, 괜히 으쓱거리며 돌아다녔다.

그 동안 팁은 호박머리 잭의 나무 몸통을 좀더 강하고 튼튼하게 고쳐주었다. 그리고 목마도 손질할 곳이 없는가 꼼꼼하게 살펴보았다.

다음날 아침 일찍 그들은 에메랄드 시로 돌아가는 여행길에 올랐다. 양철 나무꾼은 어깨 위에 번쩍번쩍 빛나는 도끼를 메고 앞장서서 걸었다. 호박머리 잭은 목마를 타고 팁과 허수아비는 양쪽에서 나란히 걸어갔다.

12

H.M. 워글 벌레 T.E. 씨

반란군을 지휘하던 진저 장군은 허수
아비 왕이 에메랄드 시를 빠져나갔다는 사실을 알고 몹시
마음이 불안했다. 진저 장군은 허수아비 왕과 양철 나무꾼
이 연합하여 군대를 이끌고 오지 않을까 두려웠던 것이다.
그렇게 되면 장군의 군대는 커다란 위험에 빠지게 될 것이
분명했다. 오즈의 백성들은 아직도 이 유명한 영웅들의 행
적을 기억하고 있었다. 그들은 깜짝 놀랄 만큼 수많은 모험
을 훌륭하게 겪어낸 자들이었다.

마침내 진저 장군은 늙은 마녀 몸비에게 급히 사람을 보냈다. 그리고 만약 반란군들을 도와준다면 후한 사례를 하겠다고 약속했다.

그렇지 않아도 몸비는 자신이 잠든 사이에 귀중한 생명의 마법 가루를 훔쳐 달아난 팁 때문에 잔뜩 화가 나 있었다. 그러므로 진저 장군이 에메랄드 시로 와서 팁의 친구들인 허수아비와 양철 나무꾼을 이길 수 있도록 도와 달라고 애써 간청할 필요도 없었다.

한걸음에 왕궁으로 달려온 몸비는 신비한 마법을 통해 허수아비 일행이 벌써 에메랄드 시를 향해 길을 떠났다는 사실을 알아냈다. 몸비는 높은 탑 위에 있는 작은 방으로 들어가 문을 꼭꼭 걸어 잠그고 허수아비와 그 친구들을 막을 수 있는 마법을 행하기 시작했다.

그러자 길을 가던 양철 나무꾼이 갑자기 걸음을 멈추고 이렇게 말했다.

"뭔가 아주 이상한 일이 일어난 것 같아. 나는 이 길이 정말 맞는지 확인해야만 하겠어. 벌써 우리가 길을 잃어버린 것은 아닌가 몹시 걱정이 되는걸."

"그건 불가능한 일이야!"

허수아비가 반대했다.

"친구여, 왜 우리가 길을 잃어버렸다고 생각하는 거지?"

"저것 봐! 우리 앞에 해바라기밭이 펼쳐져 있잖아. 나는 이런 밭은 생전 처음 보는걸."

이 말을 들은 일행은 모두 주위를 둘러보았다. 과연 그의 말대로 장대만한 줄기가 그들을 둘러싸고 있었다. 그리고 그 줄기 끝에는 커다란 해바라기꽃이 매달려 있었다. 황금색과 붉은색의 꽃은 눈이 부셔서 앞을 보지 못할 정도로 빛나고 있었다. 게다가 줄기 하나 하나가 마치 작은 풍차처럼 빙빙 돌면서 흔들리고 있어서 보는 사람들의 눈을 어지럽게 만들었다. 어리둥절해진 그들은 어느 방향으로 가야 할지 도무지 알 수가 없었다.

"마법에 걸린 거예요!"

팁이 소리쳤다. 그들이 어쩔 줄 모르고 걸음을 멈춘 채 우왕좌왕하는 동안, 양철 나무꾼은 마구 고함을 지르며 미친듯이 도끼를 휘둘렀다. 그리고 앞에 서 있는 줄기를 베어내며 앞으로 나갔다.

그런데 갑자기 해바라기 줄기들이 빙빙 돌던 것을 멈추었다. 그리고 해바라기꽃에서 아름다운 소녀의 얼굴이 하나씩 나타났다. 그 얼굴들은 깜짝 놀라 당황하는 허수아비 일행을 마구 조롱했다. 그러더니 일제히 깔깔거리며 웃어대기 시작했다.

"그만해요! 그만해요!"

팁이 나무꾼의 팔을 잡으며 소리쳤다.

"저것은 살아 있어요! 저것은 소녀들이란 말이에요!"

바로 그 순간 꽃들은 다시 빙빙 돌기 시작했다. 그리고 소녀의 얼굴들은 천천히 사라져버렸다.

양철 나무꾼은 도끼를 떨어뜨리더니 바닥에 털썩 주저앉았다.

"이렇게 아름다운 꽃을 베어버리다니 그것은 너무나 무자비한 일이야."

나무꾼은 후회스러운 듯이 말했다.

"하지만 그렇게 하지 않으면 어떻게 이 길을 지나갈 수 있을지 방법을 모르겠는걸."

"내가 보기에는 그 소녀들의 얼굴이 반란군의 얼굴과 똑같은 것이 무척 이상해."

허수아비가 곰곰이 생각에 잠겼다.

"그렇다고 소녀들이 이렇게 빨리 여기까지 쫓아왔을 리는 없는데 말이야."

"제 생각에 이건 마법이에요."

팁이 자신있게 말했다.

"누군가 우리에게 마법을 쓰고 있는 거예요. 나는 전에 늙은 마녀인 몸비 할머니가 이런 마법을 쓰는 걸 본 적이 있어요. 아마도 이것은 그저 환상에 불과한 것인지도 몰라요. 우리 앞에는 아무것도 없을 수도 있어요."

"그렇다면 눈을 감고 앞으로 걸어가도록 하자."

나무꾼이 제안했다.

"미안하지만 내 눈은 그린 것이라 감을 수가 없어."

허수아비가 반대했다.

"너는 다행히도 양철 눈꺼풀을 갖고 있지만, 우리가 모두 너와 똑같이 만들어졌을 거라고 생각하지는 말라구."

"목마도 눈을 감을 수가 없어요."

잭이 몸을 앞으로 숙이며 목마의 눈을 살펴보았다.

"그렇지만 너는 앞으로 곧장 달려가야만 한다."

팁이 명령을 내렸다.

"우리는 네 뒤를 따라서 이곳을 벗어날 거야. 내 눈은 벌써 너무 어지러워서 거의 아무것도 보이지 않거든."

호박머리 잭이 용감하게 말을 타고 앞으로 나갔다. 팁은 두 눈을 꼭 감은 채, 목마의 꼬리를 잡고 따라갔다. 허수아비와 양철 나무꾼은 바로 뒤에 서서 따라왔다. 얼마 지나지 않아서 기쁨으로 가득 찬 잭의 함성 소리가 들려왔다. 마침내 그들 앞에 탁 트인 길이 나타난 것이다.

모두들 뒤를 돌아보았다. 해바라기밭은 흔적조차 남아 있지 않았다.

이제 기운을 되찾은 허수아비 일행은 씩씩하게 여행을 계속했다. 하지만 늙은 몸비는 계속해서 주위 풍경을 바꾸어 놓았다. 만약 허수아비가 현명하게 태양을 보고 방향을 결정하지 않았다면 그들은 틀림없이 길을 잃고 방황했을 것이다. 이 세상에 어떤 마법도 태양의 움직임을 바꾸어 놓을 수는 없기 때문에 태양이야말로 가장 확실한 안내자였던 것이다.

하지만 그 외에도 여러 가지 어려움들이 그들을 기다리고 있었다. 한번은 목마가 토끼 구멍에 발이 빠져 넘어졌다.

그 바람에 호박머리는 하늘 높이 붕 떠올랐다. 바로 그 순간에 양철 나무꾼이 떨어지는 호박머리를 날쌔게 받아내지 못했더라면, 잭의 생명은 거기서 끝나고 말았을 것이다.

팁은 다시 호박머리를 목에 끼우고 잭을 일으켜 세워주었다. 하지만 목마를 구해내는 것은 그렇게 간단하지 않았다. 그의 다리가 토끼 구멍에 빠지는 순간, 그 끝이 조금 부러졌기 때문이었다. 목마가 한 걸음이라도 걸으려면 부러진 다리를 교체하거나 수선해주어야만 했다.

"아주 심각한 문제군."

양철 나무꾼이 고개를 저었다.

"근처에 나무만 있다면 당장 새로운 다리를 만들어 줄 수 있을 텐데. 하지만 몇 킬로미터를 둘러봐도 작은 덤불 하나 보이지 않는걸."

"이곳에는 집이나 담장도 없어."

허수아비가 안타까운 듯이 덧붙였다.

"그럼 어떻게 하면 좋을까요?"

소년이 물었다.

"내 생각에는 내 머리를 써야 할 것 같아."

허수아비가 대답했다.

"경험에 의하면 말이야, 곰곰이 생각할 시간만 있으면 언제나 무슨 일이든 해결하곤 했거든."

"그렇다면 다 함께 생각해 봐요. 어쩌면 목마를 수선할 수 있는 방법을 찾아낼 수 있을지도 몰라요."

팁이 말했다.

그리하여 허수아비 일행은 풀밭 위에 나란히 앉아서 생각을 하기 시작했다. 한편 목마는 부러져 나간 다리의 일부를 신기한 듯이 열심히 살펴보고 있었다.

"아프지는 않니?"

양철 나무꾼이 부드럽고 다정한 목소리로 물었다.

"조금도 아프지 않아요. 하지만 제 몸이 이렇게 쉽게 부서질 수 있다니, 자존심이 상하는군요."

목마가 대답했다.

한동안 그들은 말없이 생각에 잠겨 있었다. 문득 양철 나무꾼이 고개를 들고 들판 너머를 살펴보았다.

"저기에 우리 쪽으로 다가오는 저것은 무엇일까?"

나무꾼이 고개를 갸웃거렸다. 다른 일행들도 그가 쳐다보는 곳을 바라보았다. 지금까지 한번도 보지 못한 이상한 생물이 그들을 향해 다가오고 있었다. 그것은 부드러운 풀밭 위를 소리도 내지 않고 재빨리 걸어왔다. 순식간에 그들 앞

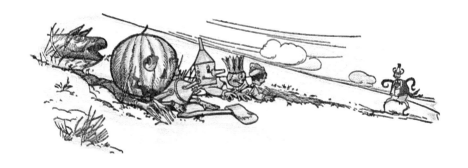

에 우뚝 선 그것은 허수아비 일행만큼이나 깜짝 놀란 표정으로 그들을 멍하니 바라보았다.

이런 상황에서도 허수아비는 태연하기만 했다.

"안녕하세요?"

허수아비가 공손하게 인사를 했다.

이상한 생물은 정중하게 모자를 벗고 아주 깊숙이 허리를 숙여 절했다. 그리고 대답했다.

"안녕하십니까, 여러분? 당신들 모두 건강하시기를 빕니다. 부디 제 명함을 받아주십시오."

예의 바른 인사말과 함께 이상한 생물은 허수아비를 향해 명함 한 장을 내밀었다. 허수아비는 명함을 받아서 이리저리 뒤집어 보았다. 그리고 머리를 절레절레 흔들며 팁에게 건네주었다.

팁은 큰소리로 읽었다.

"H.M. 워글 벌레, T.E.씨."

"이런 세상에!"

호박머리 잭이 짐짓 깜짝 놀란 척하며 소리쳤다.

"정말 이상하군!"

양철 나무꾼이 말했다. 팁의 눈도 휘둥그레졌다. 허수아비는 긴 한숨을 쉬면서 다시 고개를 돌렸다.

"당신이 정말로 워글 벌레인가요?"

허수아비가 물었다.

"물론 그렇고말고요!"

이상한 생물이 쉰 목소리로 대답했다.

"제 이름이 그 명함 위에 씌어 있지 않던가요?"

"아닙니다. 분명히 씌어 있어요."

허수아비가 말했다.

"혹시 H.M.이 무슨 뜻인지 여쭤봐도 될까요?"

"H.M.이란 대단히 위대하다는 뜻이죠."

워글 벌레가 자랑스럽게 대답했다.

"오, 알겠어요."

허수아비는 이상한 생물을 의심스러운 눈초리로 살펴보았다.

"그런데 당신이 정말로 대단히 위대하단 말인가요?"

"선생님, 나는 선생님이 사려 깊고 판단력이 있는 신사분이라고 생각합니다. 그런데 당신은 지금까지 본 어떤 워글 벌레보다도 내가 몇십 배나 더 크다는 사실을 모르신단 말입니까? 그것이야말로 제가 대단히 위대하다는 확실한 증거입니다. 그러므로 선생님이 그 사실을 의심할 이유는 전혀 없습니다."

"죄송합니다."

허수아비가 말을 받았다.

"얼마 전에 세탁을 한 뒤로 제 머리가 조금 뒤죽박죽이 되었습니다. 그렇다면 한 가지 질문을 더 해도 좋을까요? 당신 이름의 끝에 붙은 T.E.라는 것은 또 무슨 뜻입니까?"

"그것은 나의 학위를 나타내는 것입니다."

워글 벌레가 의기양양한 미소를 지으며 대답했다.

"좀더 자세하게 말씀드리자면, 그 글자는 제가 완전한 교육을 받았다는 뜻입니다."

"아!"

허수아비가 고개를 끄덕였다.

팁은 이상하게 생긴 생물에게서 한순간도 눈을 떼지 못하고 있었다. 딱정벌레처럼 넙적하고 둥근 몸통을 두 개의 가느다란 다리가 지탱하고 있었다. 다리 끝에는 정교하게 생긴 발이 달려 있었는데, 발가락이 위로 말려 올라갔다. 워글 벌레의 몸은 꽤 납작한 편이었는데, 등은 반짝이는 검은 갈색이었고 앞쪽은 밝은 갈색과 흰색의 줄무늬가 뒤섞여 있었다. 팔은 다리만큼이나 가늘고, 긴 목이 머리를 받치고 있었다.

하지만 얼굴은 절대로 사람의 얼굴과 같지 않았다. 코 끝에는 꼬부라진 안테나가 달려 있었고 귀 위에도 마치 돼지 꼬리처럼 생긴 안테나가 머리 양쪽을 장식하듯이 달려 있었다. 둥글고 검은 눈동자는 앞으로 툭 튀어나온 것처럼 보였다. 하지만 솔직히 워글 벌레의 인상이 결코 나쁘지 않다는 것은 인정하지 않을 수 없었다.

이 벌레는 노란 줄이 들어간 검푸른 색의 제비꼬리 코트를 입고 단춧구멍에는 꽃 한 송이를 꽂고 있었다. 그리고 넙적한 몸에 꽉 조이는 하얀 오리털 조끼와 무릎까지 오는 상아색 짧은 바지를 입고 바지 끝에는 단추 대신 도금한 버클이 달려 있었다. 그의 작은 머리 위에는 높은 비단 모자가 살짝 놓여 있었다.

워글 벌레가 넋을 잃고 쳐다보는 허수아비 일행 앞에 똑바로 서자, 거의 양철 나무꾼만큼이나 키가 커 보였다. 오즈의 나라를 통틀어서 이렇게 거대한 크기를 가진 벌레는 단 한 마리도 없을 것이다.

"솔직히 말해서 당신의 특이한 외모는 저를 놀라게 했습니다."

허수아비가 입을 열었다.

"제 친구들도 틀림없이 깜짝 놀랐을 것입니다. 하지만 이런 상황 때문에 마음 상하지는 마십시오. 우리도 곧 당신의 모습에 익숙해질 테니까요."

"그렇게 미안해하실 필요없습니다! 제발 그러지 마세요."

워글 벌레가 진심으로 말했다.

"다른 사람을 놀라게 하는 것이 저에게는 커다란 즐거움이랍니다. 제가 평범한 벌레들과 다른 것은 분명한 사실이죠. 그러므로 만나는 사람마다 저를 놀라움과 호기심으로 바라보는 것도 지극히 당연한 일입니다."

"그렇습니다."

허수아비가 동의했다.

"괜찮으시다면 여러분들과 함께 잠깐 앉아도 될까요?"

이상한 벌레가 말했다.

"저의 이야기를 들려드리고 싶습니다. 그러면 저의 평범하지 않은, 아니 특이하다고 해야 할까요? 어쨌든 저의 모습에 대해서 잘 이해하실 수 있게 될 것입니다."

"원하신다면 말씀해 보십시오."

양철 나무꾼이 간단하게 대답했다.

워글 벌레는 허수아비 일행을 앞에 놓고 풀밭 위에 앉았다. 그리고 다음과 같은 이야기를 들려 주었다.

13
대단히 위대한 벌레 이야기

"이야기를 시작하기 전에 먼저 제가 태어났을 때에는 아주 평범한 위글 벌레였다는 사실을 정직하게 털어놓겠습니다."

이상한 벌레는 솔직하고 친근감 있는 목소리로 이야기를 시작했다.

"잘 아시겠지만 저는 원래 걸을 때에 다리뿐만 아니라 팔까지 사용해서 기어다녔었지요. 제 머리 속에는 그저 나보다 작은 벌레를 잡아먹겠다는 생각뿐이었죠. 저는 돌 틈 사이를 기어가거나 혹은 풀뿌리에 몸을 숨기면서 하루 하루를 살아갔습니다. 차가운 밤이 되면, 저는 몸을 딱딱하게 움츠린 채, 꼼짝도 하지 않았습니다. 그때는 옷을 입지 않았으니까요. 하지만 아침이 되어 다시 따스한 햇살이 쏟아지면 나는 새로운 생명을 되찾고 활기차게 움직이기 시작했죠. 그야말로 끔찍한 생활이었습니다. 하지만 그게 바로 워글 벌레들의 일상적이고 평범한 삶이라는 사실을 기억해 주십시오. 물론 이 땅에 살고 있는 다른 수많은 작은 벌레들도 모두 마찬가지입니다.

하지만 운명의 신은 평범하기 짝이 없는 저를 특별히 선택하여 위대한 삶을 주셨습니다! 어느 날 나는 어떤 마을의 학교 근처를 기어가고 있었습니다. 그때 학교 안에서 들려오는 학생들의 단조로운 합창 소리가 저의 호기심을 불러일으켰습니다. 용감하게도 나는 널판지 사이의 갈라진 틈으로 기어 들어갔습니다. 벽난로에서는 장작이 불타고 있었고, 그 앞에 선생님이 앉아 있었습니다.

저처럼 작은 워글 벌레에게 신경쓰는 사람은 아무도 없었습니다. 나는 활활 타는 벽난로가 햇살보다 더 따뜻하다는 사실을 깨닫고 장차 그곳에 집을 짓고 살기로 결심했습니다. 그리하여 두 개의 벽돌 사이에 멋진 보금자리를 꾸미고 몇 달 동안이나 숨어 살았던 것입니다.

노위틀 교수는 의심할 바 없이 오즈의 나라에서 가장 유명한 학자입니다. 며칠이 지나자, 나는 교수가 학생들에게 하는 강의를 귀담아 듣기 시작했습니다. 그 교실 안에 이 미천하고 보잘것없는 위글 벌레만큼 열심히 공부하는 학생은 한 명도 없었습니다. 그렇게 해서 나는 엄청난 지식을 습득했던 것입니다. 사실 그 일은 나 자신도 기적이라고 말할 수밖에 없었습니다. 어쨌든 나는 '완전하세 교육을 받은' 벌레라는 이름을 명함에 새길 수 있게 되었습니다. 나는 이 세상의 어떤 벌레도 내가 지닌 학식과 교양의 십 분의 일만큼도 가질 수 없을 것이라는 사실을 가장 자랑스럽게 여기고 있습니다."

"그것은 당신 말이 옳아요."

허수아비가 말했다.

"교육을 받았다는 것은 자랑스러운 일이지요. 나 또한 교육을 받았답니다. 위대한 마법사가 나에게 준 두뇌는 어느 누구의 것보다도 뛰어나답니다."

"그렇지만 말입니다."

양철 나무꾼이 불쑥 끼어들었다.

"제 생각에는 좋은 마음씨야말로 교육이나 두뇌보다도 훨씬 더 바람직한 것이라고 여겨지는군요."

"저는 튼튼한 다리가 제일 중요하다고 생각해요."

목마도 한 마디 거들었다.

"씨앗도 두뇌라고 볼 수 있을까?"

갑자기 호박머리 잭이 입을 열었다.

"제발 조용히 좀 해!"

팁이 짜증을 냈다.

"알았어요, 아버지."

잭이 순순히 대답했다.

워글 벌레는 제각기 떠들어대는 말들을 참을성 있게 열심히 들어주었다. 그리고 다시 이야기를 시작했다.

"나는 학교의 벽난로 틈에서 3년을 살았습니다. 내 앞에서 솟아나는 지식의 샘물을 목마른 사람처럼 정신없이 들이켰죠."

"아주 시적이군."

허수아비가 고개를 끄덕이며 칭찬했다.

"그러던 어느 날 내 인생을 완전히 바꾸고 나를 지금처럼 가장 위대한 존재로 변화시키는 놀라운 일이 일어났습니다. 교수가 벽난로 위를 기어가던 나를 발견한 것입니다. 미처 내가 도망치기도 전에 교수는 엄지손가락과 집게손가락으로 나를 붙잡았습니다.

'여러분, 여기 워글 벌레 한 마리를 붙잡았습니다. 아주 보기 드물고 흥미로운 종류이죠. 여러분들 중에 누가 워글 벌레에 대해 아는 사람이 있나요?'

'아니요!'

학생들은 입을 모아 소리쳤습니다.

'그렇다면 선생님이 그 유명한 확대경을 가지고 와서 화면 위에 벌레의 모습을 크게 확대하여 보여주겠어요. 오늘은 이 벌레의 특별한 구조를 잘 살펴보고 이 벌레의 습성과

생활에 대해서 공부하도록 합시다.'

그러더니 교수는 선반 위에서 참으로 흥미로운 도구를 꺼냈습니다. 내가 미처 무슨 일이 일어났는지 깨닫기도 전에, 나는 화면 위에 참으로 위대한 크기로 비추어진 내 모습을 발견했죠. 지금 여러분들이 보고 있는 제 모습 정도의 크기로 말입니다.

학생들은 의자 위에 올라서서 나를 좀더 잘 보기 위해 서로 머리를 내밀고 난리를 쳤죠. 키가 작은 여학생 두 명은 심지어 활짝 열린 창틀 위로 뛰어올라가기도 했습니다.

'여길 봐요!'

교수가 큰소리로 말했습니다.

'크게 확대된 이 워글 벌레는 세상에 존재하는 가장 흥미로운 벌레 중의 하나예요!'

완전한 교육을 받은 데다가 교양있는 신사가 해야 할 바를 잘 알고 있는 나는 바로 이 순간에 똑바로 서서 가슴에 손을 얹고 공손하게 인사를 했습니다. 뜻하지 않은 나의 행동은 모든 사람들을 깜짝 놀라게 했죠. 창틀 위에 올라가 있던 어린 소녀들 중의 하나는 비명을 지르며 창문 밖으로 떨어지기까지 했습니다. 심지어 같이 서 있던 다른 친구까지도 함께 붙잡은 채 말입니다.

교수는 다급하게 소리를 치면서 문 밖으로 쏜살같이 달려나갔습니다. 창 밖으로 떨어진 학생들이 다치지 않았나 살펴보기 위해서였죠. 다른 학생들도 무리를 지어 교수의 뒤

를 따라갔습니다. 결국 나 혼자만이 교실 안에 남게 되었지요. 대단히 위대하게 된 상태로 원하는 것은 무엇이든 자유롭게 할 수 있게 된 것입니다.

그 순간 지금이 도망칠 수 있는 가장 좋은 기회라는 생각이 떠올랐습니다. 나는 위대해진 내 모습이 너무나 자랑스러웠습니다. 그리고 이제는 이 세상 어디를 가도 아무런 걱정이 없다는 사실을 깨달았습니다. 게다가 우연히 학식 있는 사람을 만나게 된다면, 나의 뛰어난 교양으로 곧 친구가 될 수 있을 것이라고 생각했습니다.

그 동안 교수는 땅에 떨어진 어린 소녀들을 일으켜 세우고 있었습니다. 그들은 다행히 다친 곳이 없이 그저 놀랐을 뿐이었습니다. 다른 학생들은 그들을 빙 둘러싼 채, 구경을 하고 있었습니다. 나는 살금살금 교실에서 걸어나왔습니다. 그리고 모퉁이를 돌아 근처에 있는 덤불숲까지 달아났습니다."

"정말 다행이에요!"

호박머리 잭이 탄성을 질렀다.

"그렇습니다."

워글 벌레가 고개를 끄덕였다.

"나는 크게 확대되었을 때 달아날 생각을 한 나 자신을 언제까지나 자랑스럽게 여길 것입니다. 왜냐하면 아무리 뛰어난 지식을 가지고 있다고 하더라도 내가 보잘것없고 눈에 띄지 않는 벌레에 불과하다면 아무런 소용도 없으니까요."

"벌레도 옷을 입는 줄은 미처 몰랐어요."

팁이 신기한 표정으로 워글 벌레를 바라보았다.

"물론 자연적인 상태에서는 옷을 입지 않습니다."

이상한 벌레가 대답했다.

"하지만 여기저기를 돌아다니던 중에 나는 운좋게도 양복장이의 아홉번째 목숨을 구해주게 되었죠. 여러분들도 아시는지 모르겠지만, 양복장이들은 고양이들처럼 목숨이 아홉 개랍니다. 그 사람은 너무나 고마워했습니다. 아홉번째 목숨을 잃게 되면 그 사람의 인생은 끝나는 것이니까요. 그리하여 양복장이는 나에게 지금 입고 있는 이 멋진 옷을 만들어줄 수 있게 해달라고 사정을 하더군요. 이 옷이 제게 매우 잘 어울리지 않나요? 그렇죠?"

워글 벌레는 자리에서 벌떡 일어나더니 모든 사람들이 자신의 모습을 잘 감상할 수 있도록 천천히 한바퀴를 돌았다.

"무척 솜씨가 좋은 양복장이였는가 보군요."

허수아비가 부러움이 가득한 표정으로 말했다.

"그런데 우리와 만났을 때, 당신은 어디를 가던 중이었나요?"

팁이 워글 벌레에게 물었다.

"특별히 목적지가 있었던 것은 아닙니다. 물론 곧 에메랄드 시를 한번 방문할 계획을 갖고 있기는 합니다. 「위대한 벌레의 모험」이라는 주제를 가지고 강연회를 열 생각이거든요."

"지금 우리도 에메랄드 시로 가는 중입니다."

양철 나무꾼이 말했다.

"괜찮으시다면 우리와 함께 여행을 하시죠."

워글 벌레는 아주 우아한 태도로 절을 했다.

"제게는 무척 영광입니다. 여러분들의 친절한 제안을 기꺼이 받아들이겠습니다. 이 나라 어디를 가도 여러분들처럼 마음이 잘 맞는 친구들을 만나기 어려울 것 같군요."

"그건 맞는 말입니다."

호박머리 잭이 맞장구를 쳤다.

"우리들은 날파리와 꿀처럼 찰떡 궁합이지요."

"하지만……제 질문이 좀 지나치다면 용서하십시오……하지만 여러분들도……물론 다 그렇다는 것은 아니지만……음……그렇게 평범하지는 않은 것 같은데요?"

워글 벌레는 호기심을 감추지 못하고 허수아비 일행을 신기한 눈으로 바라보았다.

"사실 당신과 다를 바가 없지요. 이 세상 모든 것이 익숙해지기 전까지는 이상하게 보이는 법이랍니다."

허수아비가 대답했다.

"그것 참 놀라운 철학이군요!"

워글 벌레가 큰소리로 감탄했다.

"그렇습니다. 오늘따라 내 머리가 아주 잘 돌아가는군요."

허수아비의 목소리에는 자신의 똑똑한 머리를 자랑스러

워하는 기색이 역력했다.

"자, 여러분들 모두 충분히 휴식을 취하고 기운을 차렸다면 이제 그만 에메랄드 시를 향해 걸음을 옮기도록 합시다."

위대한 벌레가 제안했다.

"그럴 수가 없어요."

팁이 말했다.

"목마의 한쪽 다리가 부러졌거든요. 그래서 걸을 수가 없어요. 이 근처에는 새로 다리를 만들어 줄 수 있는 나무가 없는데, 그렇다고 이 말을 두고 그냥 떠날 수는 없어요. 호박머리 잭은 관절이 너무 뻣뻣해서 반드시 말을 타고 가야만 하거든요."

"그것 참 큰일이군요!"

워글 벌레가 소리쳤다. 그리고는 찬찬히 허수아비 일행을 둘러보더니 다시 입을 열었다.

"호박머리 잭이 꼭 말을 타야 한다면, 그의 한쪽 다리를 빼서 말의 다리를 만들어주면 안될까요? 제가 보기에는 양쪽 모두 나무로 만들어진 것 같은데 말이죠."

"드디어 진정한 천재를 만났군요!"

허수아비가 감탄을 금치 못했다.

"왜 내 머리로 진작 그런 생각을 하지 못했는지 모르겠군! 양철 나무꾼, 당장 작업을 시작해. 호박머리 잭의 다리를 목마에게 끼우는 거야."

잭은 이 생각이 몹시 못마땅했다. 하지만 양철 나무꾼이 자신의 왼쪽 다리를 뺄 수 있도록 허락할 수밖에 없었다. 그리고 목마에게 다리를 끼우는 동안 바닥에 앉아 있었다.

목마 또한 이 수술을 별로 기뻐하지 않았다. 목마는 자신이 '도살' 당하고 있다고 비난하면서 이 새로운 다리는 자신처럼 품위있는 목마에게 커다란 모욕이라고 말했다.

"제발 부탁인데 앞으로 말을 할 때에는 먼저 신중하게 생각한 뒤에 하도록 해."

호박머리가 날카롭게 목마를 비난했다.

"미안하지만 네가 사용하고 있는 그 다리가 바로 내 다리라는 사실을 기억해 달란 말이야."

"내가 그 사실을 어떻게 잊을 수가 있겠어? 네 몸의 다른 부분처럼 이 다리도 형편없는 엉터리인데 말이야."

목마도 지지 않고 쏘아붙였다.

"엉터리라구! 내가 엉터리라구! 어떻게 감히 나를 엉터리라고 부를 수가 있지?"

잭이 흥분해서 소리쳤다.

"왜냐하면 너는 완전히 엉터리로 만들어졌으니까."

목마는 아주 무시하는 태도로 눈동자를 빙빙 돌리며 허수아비를 조롱했다.

"너는 머리조차 제대로 붙어 있지 못하잖아. 게다가 자신이 지금 앞을 보고 있는지 뒤를 보고 있는지도 모르면서!"

"친구들, 더 이상 싸우지 말게나!"

양철 나무꾼이 걱정스럽게 타일렀다.

"솔직히 말해서 우리들 중에는 다른 사람을 비난할 만한 자격이 있는 사람이 아무도 없어. 그러니까 서로의 결점을 너그럽게 받아들이도록 하자구."

"아주 훌륭한 제안입니다. 나의 금속 친구여. 그대는 대단히 훌륭한 마음을 가진 것이 틀림없군요."

위글 벌레가 고개를 끄덕였다.

"그래요. 내 심장은 우리들 중에서 가장 훌륭한 것이죠. 어쨌든 다시 여행을 떠나도록 합시다."

양철 나무꾼이 의기양양한 표정으로 대답했다.

그들은 외다리가 된 호박머리 잭을 목마 위에 태웠다. 그리고 떨어지지 않도록 끈으로 단단히 묶어 놓았다.

그런 다음, 허수아비의 인도를 받으며 그들은 모두 에메랄드 성을 향해 걸어가기 시작했다.

14
마법을 쓰는 몸비 할머니

그들은 곧 목마가 다리를 절룩거린다는 사실을 발견했다. 새로운 다리가 목마에게는 너무 길었던 것이다. 양철나무꾼이 도끼로 다리를 자르는 동안, 다른 사람들은 또다시 잠깐 쉬어가지 않을 수 없었다. 잠시 후에 목마의 다리는 훨씬 더 편안하게 맞추어졌다.

목마는 여전히 불만에 가득 찬 표정이었다.

"내 다리를 자르다니 그건 수치예요!"

목마는 투덜거렸다.

"오히려 그 반대죠."

목마와 나란히 걸어가던 워글 벌레가 말했다.

"당신의 경우는 정말 커다란 행운이라고 생각해야만 합니다. 보통 말들은 한번 다리가 부러지면 다시는 쓸모가 없게 되니까요."

이 말을 들은 팁은 몹시 화가 났다. 자신이 만든 잭이나 목마에 대해서 깊은 애정을 갖고 있었기 때문이었다.

"이렇게 말해서 정말 미안합니다. 하지만 당신의 농담은 너무나 쓸모없고 시시해요."

"그래도 이것은 분명히 농담입니다."

워글 벌레가 단호하게 말했다.

"말장난처럼 가벼운 농담은 교육받은 사람들 사이에서는 지극히 당연한 것으로 여겨지고 있죠."

"도대체 그게 무슨 말이죠?"

호박머리 잭이 멍청한 표정으로 물었다.

"친구여, 그것이 무슨 뜻인가 하면……."

워글 벌레가 설명을 시작했다.

"우리 언어에는 두 가지 뜻을 가진 단어들이 많이 있습니다. 그리고 어떤 단어의 두 가지 의미를 모두 사용해서 말하는 것을 농담이라고 하죠. 농담을 잘 하는 사람은 교양있고 세련된 사람이라고 인정을 받습니다. 왜냐하면 언어를 완전히 이해하고 있다는 증거이니까요."

"난 그 말을 인정할 수가 없어요. 누구나 농담은 할 수 있는 거라구요."

팁이 반대하고 나섰다.

"그렇지 않습니다. 농담은 아주 높은 수준의 교육을 필요로 하는 것입니다. 젊은분은 교육을 받았습니까?"

워글 벌레가 딱딱한 어조로 물었다.

"특별히 교육을 받지는 않았어요."

팁이 솔직하게 털어놓았다.

"그렇다면 이 문제에 대해 판단을 내릴 수 있는 자격이 없습니다. 나로 말하자면, 완전하게 교육을 받았습니다. 그리고 훌륭한 농담이야말로 천재성을 보여주는 증거라고 주장합니다. 예를 들어서 만약 내가 이 목마를 타고 간다면, 이 목마는 단지 동물일 뿐만 아니라 마차가 되기도 하는 것입니다. 그러므로 이 목마는 말마차가 됩니다."

이 말을 들은 허수아비는 입을 딱 벌렸다. 양철 나무꾼은 워글 벌레를 비난하는 눈빛으로 째려보았다. 동시에 목마는 커다란 소리로 콧방귀를 뀌었다. 호박머리 잭조차 황급히 손으로 활짝 웃고 있는 입을 가렸다. 얼굴에 새겨진 미소 때문에 인상을 찌푸릴 수가 없었기 때문이다.

하지만 워글 벌레는 자신이 아주 멋진 명언이라도 말한 것처럼 의기양양한 표정이었다. 마침내 허수아비가 더 이상 참지 못하고 한 마디 했다.

"교육도 너무 지나치면 좋지 못하다는 말을 들은 적이 있습니다. 내가 똑똑한 머리를 가진 사람을 존경하는 것은 사실이지만, 어쩐지 당신의 머리는 약간 잘못된 것 같은 생각이 드는군요. 제발 부탁이니 우리와 함께 있는 동안에는 당신의 그 뛰어난 학식을 드러내는 것을 자제해 주십시오."

양철 나무꾼이 덧붙였다.

"우리가 아주 특별히 친절한 마음씨를 갖고 있는 것은 사실이지만, 또다시 당신의 그 훌륭한 교양이 한 마디라도 새어나오는 날에는⋯⋯."

나무꾼은 말끝을 흐리면서 갑자기 날카로운 그의 도끼를 위협적으로 휘둘렀다. 위글 벌레는 완전히 겁에 질린 것 같았다. 몸을 잔뜩 움츠리더니 멀찌감치 달아났다.

모두들 아무 말 없이 여행을 계속했다. 하지만 대단히 위대한 벌레는 뭔가 깊이 생각하는 것 같더니 잔뜩 풀이 죽은 목소리로 말을 꺼냈다.

"앞으로는 자제하려고 노력하겠습니다."

"우리가 원하는 것이 바로 그거요."

허수아비가 뒤를 돌아보며 말했다. 이제 다시 명랑하고 유쾌한 기분이 된 허수아비 일행은 씩씩하게 걸어갔다.

마침내 팁 때문에 —— 그들 중에서 지치고 피곤해지는 사람은 오직 팁 하나뿐이었다 —— 또다시 걸음을 멈추고 쉬어가지 않을 수 없게 되었다. 그때 양철 나무꾼이 풀밭 위에 작은 구멍이 많이 나 있는 것을 발견했다.

"이곳은 들쥐들의 마을인 게 틀림없어."

나무꾼이 허수아비에게 말했다.

"옛 친구인 들쥐 여왕이 이 근처에 살고 있는지 궁금하군. 만약 그렇다면 우리에게 많은 도움이 될 텐데 말이야."

허수아비는 문득 좋은 생각이 떠오른 것 같았다.

"한번 여왕을 불러봐."

양철 나무꾼은 목에 걸린 은호루라기를 힘껏 불었다. 그 즉시 조그만 회색 쥐들이 구멍 안에서 튀어나오더니 전혀 두려운 기색 없이 그들을 향해 다가왔다. 양철 나무꾼이 들쥐들의 여왕을 구해준 적이 있었기 때문에, 들쥐들은 나무꾼을 굳게 믿고 있었다.

"안녕하십니까, 폐하. 여전히 건강하시죠?"

양철 나무꾼이 들쥐에게 공손하게 인사를 했다.

"그렇소. 나는 아주 잘 지내고 있소."

여왕이 위엄있게 대답했다. 그녀의 머리 위에서는 작은 황금 왕관이 반짝이고 있었다.

"나의 옛 친구를 위해 내가 할 일이 있소?"

"그렇습니다."

허수아비가 재빨리 대답했다.

"에메랄드 시까지 폐하의 신하 몇 명을 데리고 갈 수 있도록 허락해 주셨으면 합니다."

"혹시 다치지는 않을까?"

여왕이 걱정스럽게 말했다.

"그렇지는 않을 것입니다."

허수아비가 대답했다.

"제 몸을 채우고 있는 지푸라기 속에 들쥐들을 감추어 가지고 가겠습니다. 제가 단추를 풀고 신호를 하면, 그저 밖으로 달려나와서 최대한 빨리 집으로 돌아가기만 하면 됩니다. 그렇게만 해주신다면, 저는 반란군들이 빼앗아간 왕위를 다시 찾을 수가 있습니다."

"그렇다면 그대의 청을 거절하지 않겠노라. 그대가 준비가 되는 대로 가장 똑똑하고 용감한 열두 마리의 들쥐를 부르도록 하겠다."

"저는 이미 준비가 되었습니다."

허수아비는 가슴을 채우고 있는 지푸라기가 보이도록 겉옷의 단추를 풀고 땅바닥에 누웠다.

여왕은 나지막한 소리로 찍찍거리며 신하를 불렀다. 그러자 순식간에 열두 마리의 들쥐들이 구멍에서 뛰어나왔다.

여왕은 그들에게 아무도 알아들을 수 없는 들쥐들의 말로 명령을 내렸다. 들쥐들은 조금도 망설이지 않고 여왕의 명령에

따라 차례차례 허수아비의 가슴 속으로 들어갔다. 그리고 지푸라기 속에 몸을 감추었다.

열두 마리가 모두 들어가자, 허수아비는 다시 단추를 잠그고 자리에서 일어나서 여왕에게 감사의 인사를 드렸다.

"한 가지 더 도와주실 일이 있습니다."

양철 나무꾼이 말했다.

"우리에게 에메랄드 시로 가는 길을 가르쳐 주십시오. 우리를 싫어하는 누군가가 에메랄드 시로 가지 못하도록 자꾸만 방해하고 있습니다."

"기꺼이 도와주겠소."

여왕이 대답했다.

"모두들 준비가 되었나?"

양철 나무꾼이 팁을 바라보았다.

"충분히 쉬었어요. 이제 출발해요."

소년이 말했다. 그들은 다시 여행길에 올랐다. 조그만 들쥐 여왕은 재빨리 앞서 달려갔다가, 여행자들이 가까이 올 때까지 걸음을 멈추고 기다렸다. 그리고 또다시 쏜살같이 달려가기를 되풀이했다.

날쌔고 지혜로운 이 안내자가 아니었더라면, 허수아비와 그 친구들은 절대로 에메랄드 시에 도착하지 못했을 것이다. 왜냐하면 늙은 몸비가 온갖 방해물들을 던져놓았기 때문이었다. 하지만 그 방해물들은 모두 다 실제로 존재하는 것이 아니라 교묘하게 만든 속임수였다. 한번은 물결이 넘

실거리는 커다란 강이 그들의 앞길을 가로막기도 했다. 여왕 들쥐는 전혀 흔들림 없이 강물 속을 계속해서 걸어갔다. 그 뒤를 따라간 허수아비 일행은 강을 다 건너가도록 몸에 물 한방울 묻지 않았다.

어떤 때에는 거대하고 단단한 화강암 벽이 그들의 앞에 우뚝 솟아 있기도 했다. 하지만 회색 여왕 쥐는 곧장 벽을 통과하여 지나갔다. 그 모습을 보고 다른 사람들도 똑같이 그 벽을 지나갈 수 있었다. 그러자 벽은 안개처럼 녹아서 사라져 버렸다.

한참 후에 그들은 다시 팁을 위해 잠시 걸음을 멈추었다. 바로 그때 그들 앞에 40개의 다른 방향으로 뻗어 있는 40개의 각기 다른 길이 펼쳐졌다. 이 40개의 길들은 마치 거대한 수레바퀴처럼 빙빙 돌기 시작했다. 처음에는 한 방향으로 돌다가 다음에는 또 다른 방향으로 돌아서 정신을 차릴 수가 없을 정도였다.

하지만 여왕 들쥐는 침착하게 자기 뒤만 따라오라고 말한 뒤 쏜살같이 앞으로 곧장 달려갔다. 그들이 그 뒤를 따라서 몇 발자국을 걸어가자, 40갈래의 길은 어디론가 사라지고 보이지 않았다.

몸비의 마지막 술책은 지금까지 겪은 그 어떤 것보다도 무시무시한 것이었다. 몸비는 들판 가득히 커다란 불길이 활활 타오르게 만들었다. 허수아비 일행을 모두 집어삼킬 듯이 이글거리는 불길을 보자, 허수아비는 겁에 질려 도망가려고 했다.

"저 불길에 사로잡히면 나는 끝장이야!"

허수아비는 지푸라기가 흔들릴 정도로 부들부들 떨었다.

"이렇게 무서운 것은 생전 처음 봐!"

"나도 달아나야 해요!"

목마가 소리를 지르며 뒤로 돌아섰다. 그리고 미친듯이
펄쩍펄쩍 뛰었다.

"내 몸은 바싹 말라 있기 때문에 장작처럼 활활 탈 거라
구요!"

"호박에게도 불이 위험할까?"

잭도 겁에 질린 듯이 물었다.

"당신은 파이처럼 바싹 구워지겠죠. 나도 그렇고요!"

워글 벌레는 좀더 빨리 달아나기 위해 네 다리를 모두 땅에 대고 바싹 엎드렸다.

하지만 양철 나무꾼은 조금도 불을 무서워하지 않았다. 오히려 놀라서 도망치려는 친구들을 꾸짖었다.

"저 들쥐를 좀 봐!"

나무꾼이 소리쳤다.

"불길 속에서도 전혀 타지 않잖아! 그러니까 이건 진짜 불이 아니야. 그저 속임수라고!"

작은 여왕 들쥐는 정말로 이글거리는 불길 속을 태연하게 걸어가고 있었다. 이 모습을 보고 허수아비 일행은 모두 용기를 내어 불길 속으로 들어갔지만, 불에 타기는커녕 연기조차 나지 않았다.

"이거야말로 세상에서 가장 신기한 모험이군요. 노위틀 교수가 학교에서 가르쳐 주신 모든 자연의 법칙을 완전히 뒤집고 있으니 말입니다."

워글 벌레는 몹시 놀란 것 같았다.

마침내 에메랄드 시의 성벽이 눈에 보이기 시작했다. 목적지까지 그들을 성실하게 안내한 여왕 들쥐는 작별 인사를 했다.

"여왕 폐하의 친절하신 도움에 깊이 감사드립니다."

양철 나무꾼은 여왕을 향해 깊이 허리를 숙였다.

"친구를 돕는 일은 언제나 커다란 기쁨이오."

인사를 마친 여왕은 번개처럼 집을 향해 달려갔다.

15
여왕의 괴짜 포로들

허수아비 일행은 에메랄드 시의 성문 앞으로 다가갔다. 반란군 부대의 소녀 두 명이 성문을 지키고 있었다. 그들은 머리에 꽂고 있던 긴 뜨게질 바늘을 꺼내더니 가까이 다가오는 사람은 무조건 찌르겠다고 위협했다.

하지만 양철 나무꾼은 전혀 두려워하지 않았다.

"기껏해야 나의 아름다운 니켈 몸에 긁힌 자국을 남기겠지."

나무꾼이 말했다.

"하지만 그런 일조차 일어나지 않을 거야. 나라면 이 어울리지도 않는 군인 아가씨들을 아주 간단하게 겁줄 수 있을 테니까 말이야. 자, 모두 내 뒤를 바싹 따라오도록!"

나무꾼은 날카로운 도끼를 오른쪽과 왼쪽으로 번갈아 휘두르며 성문을 향해 당당하게 걸어갔다. 다른 사람들도 망설이지 않고 그 뒤를 따라갔다.

소녀 병사들은 윙윙거리는 도끼를 보고 완전히 겁에 질려서 비명을 지르며 도시 안으로 도망쳤다. 무사히 성문을 통과한 허수아비 일행은 초록색 대리석이 깔린 넓은 거리를 힘차게 걸으며 궁전으로 향했다.

"어쨌든 우리는 금방 왕위를 되찾게 될 거야."

간단하게 보초병을 물리친 양철 나무꾼은 의기양양하게 웃었다.

"고마워, 양철 나무꾼."

허수아비가 인사를 했다.

"너의 친절한 마음씨와 날카로운 도끼 앞에서는 이 세상 무엇도 꼼짝하지 못할 거야."

집들이 줄지어 서 있는 거리를 지나가며 그들은 활짝 열린 창문을 통해 남자들이 열심히 먼지를 털고 바닥을 닦고 설거지를 하는 모습을 보았다. 한편 여자들은 무리를 지어 둘러 앉아 깔깔거리며 수다를 떨고 있었다.

"무슨 일이냐?"

허수아비가 수염이 텁수룩한 남자에게 물었다. 그 남자는

앞치마를 두른 채, 아주 처량한 얼굴로 유모차를 밀며 걸어 가고 있었다.

"잘 알고 계시는 대로 반란이 일어났습니다, 폐하."

남자가 대답했다.

"폐하께서 떠나신 뒤로 여사들이 모든 것을 마음대로 다 스리기 시작했습니다. 폐하께서 이렇게 다시 돌아와 질서 를 회복하기로 하신 것을 보니 기쁘기 한이 없습니다. 에메 랄드 시에 사는 모든 남자들은 집안일과 아이들을 돌보는 일로 허리가 휠 정도입니다."

"음!"

허수아비가 곰곰이 생각에 잠겼다.

"만약 그런 일이 네가 말하는 대로 그렇게 힘든 일이라 면, 여자들은 어떻게 지금까지 그 일을 해왔단 말이냐?"

"저도 그것을 도무지 모르겠습니다."

남자가 깊은 한숨을 쉬며 대답했다.

"아마도 여자들은 강철로 만들어진 모양입니다."

허수아비 일행이 거리를 걸어가는 동안, 그들의 앞길을 막으려는 반란군의 시도는 전혀 없었다. 몇몇 여자들이 수 다를 멈추고 호기심 어린 눈초리로 그들을 한동안 바라보 곤 했다. 하지만 그들은 곧 콧방귀를 뀌거나 비웃음을 던지 면서 고개를 돌렸다. 그리고 다시 열심히 수다를 떨었다.

심지어 반란군 부대의 소녀 병사들과 맞닥뜨리기도 했다. 하지만 그들은 깜짝 놀라거나 겁에 질린 표정도 짓지 않고 태연하게 길을 비켜줄 뿐이었다. 그리고 아무도 그들이 가는 것을 막지 않았다.

이런 행동을 보자, 허수아비는 차츰 마음이 불안해졌다.

"우리가 함정으로 들어가고 있는 것 같아."

허수아비가 말했다.

"말도 안되는 소리!"

양철 나무꾼이 자신감에 찬 목소리로 소리쳤다.

"이 여자들은 이미 우리에게 굴복한 거라구!"

하지만 허수아비는 의심스러운 표정을 지으며 고개를 설레설레 흔들었다. 팁이 입을 열었다.

"이건 너무 시시해요. 무슨 위험이 숨어 있는지 잘 살펴보세요."

그들은 아무런 방해도 받지 않고 왕궁에 도착했다. 그리고 대리석 계단 위로 걸어올라갔다. 한때는 에메랄드 보석이 촘촘하게 박혀 있던 계단에는 이제 반란군들이 보석을 뽑아버린 자국만이 가득했다. 계단을 다 올라가도록 반란군 병사는 보이지 않았다.

양철 나무꾼과 친구들은 복도를 지나 웅장한 왕실로 거침없이 들어갔다. 바로 그때 초록색 비단 커튼이 그들 뒤로 드리워지더니 참으로 이상한 광경이 펼쳐졌다.

번쩍이는 왕좌 위에 진저 장군이 앉아 있고 그녀의 머리 위에는 허수아비 왕의 두번째로 좋은 왕관이 씌워져 있었다. 진저 장군은 무릎 위에 캐러멜 상자를 올려놓고 열심히 먹고 있었다. 진저 장군은 왕궁에서 사는 것이 무척 편안하고 익숙하게 보였다.

허수아비는 앞으로 걸어가 진저 장군 앞에 섰다. 한편 양철 나무꾼은 도끼를 어깨에 메고 다른 친구들과 함께 허수아비의 뒤를 빙 둘러쌌다.

"어떻게 감히 내 자리에 앉을 수가 있느냐?"

허수아비 왕이 두 눈을 부릅뜨며 소리쳤다.

"그대는 지금 반역죄를 저지르고 있다는 사실을 모르느냐? 그리고 반역이 법에 어긋나는 행위임을 모르느냐?"

"왕위란 누구든 차지할 수 있는 사람의 것이다."

진저는 천천히 또 다른 캐러멜을 입에 넣으며 대답했다.

"나는 이미 이 자리를 차지했고 내가 여왕이다. 나에게 반대하는 자는 누구든 반역죄를 저지르는 것이다. 그리고 네가 방금 말한 그 법에 의해 벌을 받을 것이다."

이 말을 들은 허수아비는 어리둥절해졌다.

"이게 어떻게 된 거지, 양철 나무꾼?"

허수아비가 양철 나무꾼을 돌아보았다.

"글쎄, 법적인 문제라면 나는 아무 할 말이 없어. 법이라는 것은 절대로 이해할 수 없는 것이거든. 법을 알려고 하는 것은 어리석은 일이야."

나무꾼이 대답했다.

"그럼 우리는 어떻게 하면 좋지?"

허수아비가 절망스러운 목소리로 물었다.

"여왕과 결혼을 하면 어떨까요? 그래서 두 분이 함께 나라를 다스리면 되잖아요?"

워글 벌레가 제안했다. 이 말을 들은 진저가 벌레를 무섭게 노려보았다.

"저 여자 아이를 자기 엄마에게 놀려보내면 되잖아요?"

호박머리 잭이 말했다. 진저는 또다시 얼굴을 찌푸렸다.

"저 아이를 벽장 속에 가두면 어떨까요? 자신의 행동을 뉘우치고 착한 아이가 되겠다고 약속할 때까지 가두어 두는 거예요."

팁이 이렇게 말하자, 진저는 심술궂게 입술을 삐죽이 내밀었다.

"아니면 실컷 야단을 치죠!"

목마는 덩달아 신이 나서 외쳤다.

"아니야. 불쌍한 소녀를 점잖게 대해줘야지. 이 소녀에게 원하는 만큼의 보석을 주도록 하자. 그래서 즐겁고 행복한 마음으로 돌아가게 하는 거야."

양철 나무꾼이 말했다.

이 말을 들은 진저 여왕은 깔깔거리며 웃었다. 그리고 예쁜 손으로 박수를 세 번 쳐서 신호를 보냈다.

"너희들의 말도 안되는 소리를 더 이상 듣고 싶지 않다. 너희들과 노닥거릴 시간도 없어."

여왕이 말했다.

이 건방진 말을 듣고 깜짝 놀란 허수아비 왕과 친구들은 멍하니 서 있었다. 그동안 누군가가 살금살금 뒤로 다가와서 양철 나무꾼의 도끼를 재빨리 빼앗았다. 무기를 빼앗긴 나무꾼은 더 이상 아무런 저항도 할 수 없게 되었다. 깔깔거리며 일제히 웃어대는 웃음소리가 들렸다. 깜짝 놀라 뒤를 돌아보니, 반란군이 그들을 둘러싸고 있었다. 소녀들은 제각기 한 손에 뾰족한 뜨개질 바늘을 들고 있었다.

방 안 전체가 반란군으로 가득 차 있는 것 같았다. 허수아비와 그의 친구들은 포로가 되었다는 사실을 깨달았다.

"감히 여자들의 재치와 맞서려고 하다니 정말 멍청하군."

진저가 만족스러운 표정으로 말했다.

"이 사건만 보아도 허수아비보다는 내가 훨씬 더 에메랄드 시를 다스리기에 적합하다는 것을 알 수 있다. 분명히 말하지만, 나는 그대들에게 나쁜 감정은 없다. 하지만 앞으로 더 이상 나에게 말썽거리가 생기지 않도록 너희 모두를 없애버리라는 명령을 내릴 것이다. 저 소년만 빼놓고 말이다. 저 아이는 늙은 몸비의 것이니 몸비의 뜻대로 하도록 내버려 두어라. 나머지 것들은 인간도 아니다. 그러므로 저들을 없애버린다고 해도 나쁜 짓은 아니다. 목마와 호박머리의 몸은 산산히 부숴 장작을 만들 것이다. 그리고 호박으로는 파이를 만들도록 하라. 허수아비는 훌륭한 불쏘시개가 될 것이다. 양철 나무꾼은 조각 조각 잘라서 염소의 먹이로 주어라. 이 커다란 워글 벌레는……."

"제발 '대단히 위대한'이라고 말해주십시오!"

벌레가 여왕의 말을 가로막았다.

"내 생각에 요리사에게 말해서 푸른 거북이 수프의 양념으로 쓰라고 하면 될 것 같구나."

여왕이 계속해서 말했다. 이 말을 들은 워글 벌레는 몸을 덜덜 떨기 시작했다.

"그렇지 않으면 너를 가지고 헝가리식 수프를 끓여도 되겠구나. 향료를 듬뿍 치고 푹 끓이는 거야."

여왕은 잔인하게 선언했다. 여왕의 사형 계획이 너무나 끔찍했기 때문에 포로들은 두려움으로 새파랗게 얼굴이 질린 채, 서로의 얼굴을 바라보았다.

오직 허수아비만이 의연하게 절망하지 않았다. 그는 조용히 여왕 앞에 서 있었다. 그의 이마는 깊은 생각으로 잔뜩 찌푸려져 있었다. 아마도 도망칠 수 있는 방법을 궁리하고 있는 모양이었다.

열심히 생각하던 도중에 허수아비는 가슴 속에서 무엇인가가 꿈틀거리는 것을 느꼈다. 순간 풀이 죽었던 허수아비의 표정이 환하게 밝아졌다. 그는 재빨리 손을 들어올리더니 겉옷의 단추를 풀었다.

그들을 둘러싸고 있던 소녀들도 모두 허수아비의 행동을 보고 있었다. 하지만 어느 누구도 그가 무엇을 하는 것인지 알지 못했다. 작은 회색 쥐가 그의 가슴에서 튀어나와 마루 위를 쪼르르 달려가기 전까지는 말이다. 들쥐는 반란군의 발 사이를 재빠르게 돌아다녔다. 곧 이어 또 다른 쥐가 튀

어나왔다. 그리고 한 마리, 또 한 마리, 계속해서 쥐들이
쏟아져 나왔다. 반란군들 사이에서는 공포의 비명소리가
일제히 터져나왔다. 그 소리가 얼마나 무서웠던지 아무리
튼튼한 심장을 가진 자라도 깜짝 놀랄 정도였다. 반란군들
은 앞을 다투어 우르르 도망치기 시작했다. 순식간에 방 안
은 아수라장이 되었다.

겁에 질린 들쥐들이 미친듯이 방 안을 이리저리 휘젓고
돌아다니는 동안, 허수아비
는 그저 가만히 서서 소
녀들이 치맛자락을 휘
날리며 종종걸음으로
궁전을 빠져나가
는 모습을 지
켜보기만 하면
되었다.

달아날 생각밖에 없는 소녀들은 서로 떠밀고 난리를 쳤다.

한편 깜짝 놀란 여왕은 왕좌 위에 올라가서 발끝을 세우고 정신없이 춤을 추고 있었다. 그때 들쥐 한 마리가 의자 위에까지 기어 올라갔다. 그러자 가엾은 진저는 펄쩍 뛰어서 있는 힘을 다해 복도를 달려갔다. 그리고 성문 앞에 도착할 때까지 뒤도 한번 돌아보지 않았다.

그리하여 더 이상 설명할 필요도 없이 왕실 안에는 허수아비와 그 친구들만이 남게 되었다. 워글 벌레는 깊은 안도의 한숨을 내쉬며 소리쳤다.

"들쥐 여왕 만세! 우리는 이제 살았군요!"

"적어도 한동안은 그렇다고 말할 수 있겠지."

양철 나무꾼이 말했다.

"하지만 적은 곧 다시 돌아올 거야."

"궁전으로 들어오는 모든 입구를 막아버리자!"

허수아비가 말했다.

"그럼 어떻게 하는 것이 좋을지 생각할 시간을 벌 수 있을 거야."

호박머리 잭을 제외한 일행들이 궁전의 각 방향으로 달려가 육중한 문을 닫고 빗장을 질렀다. 잭은 그때까지도 목마 위에 꽁꽁 묶여 있었던 것이다. 반란군이 적어도 며칠 동안은 문을 부수고 들어올 수 없다는 사실을 확인한 친구들은 다시 한번 왕실에 모여 작전회의를 열었다.

16
생각에 잠긴 허수아비

"**내가** 보기에 진저 장군이라는 소녀야말로 여왕이 되기에 가장 적합한 인물인 것 같아."

친구들이 왕실에 모이자, 허수아비가 입을 열었다.

"만약 진저의 말이 옳고 내가 틀렸다면, 우리가 이렇게 진저의 궁전을 차지하고 있을 이유가 없는데."

"하지만 당신은 진저가 나타나기 전까지 왕이었습니다."

위글 벌레는 호주머니에 손을 찔러 넣은 채, 방 안을 왔다갔다 했다.

"그러므로 제가 보기에는 당신이 아니라 그 소녀가 반역자인 것 같습니다."

"게다가 우리는 지금 그 소녀를 내쫓고 승리했어요."

호박머리 잭이 한 마디 거들었다. 그리고는 손을 들어 올려 머리를 허수아비 쪽으로 돌렸다.

"우리가 정말로 진저를 이긴 것일까?"

허수아비가 조용히 물었다.

"팁, 창밖을 내다보고 무엇이 보이는지 말해주렴."

팁이 창문으로 달려가 밖을 내다보았다.

"소녀 병사들이 두 겹으로 궁전을 에워싸고 있어요."

"그럴 줄 알았어. 들쥐들이 그들을 궁전 밖으로 쫓아내기 전과 마찬가지로 우리는 여전히 반란군의 포로인 셈이야."

"내 친구 말이 맞아."

양철 나무꾼이 말했다. 그는 부드러운 가죽으로 가슴에 윤을 내고 있었다.

"진저는 여전히 여왕이야. 우리는 포로들이고."

"나는 절대로 여왕에게 잡히고 싶지 않아요. 여왕은 나를 잡아서 파이를 만들겠다고 했어요."

호박머리가 몸을 부르르 떨면서 소리쳤다.

"걱정하지 마. 그건 별로 심각한 문제가 아니야."

나무꾼이 말했다.

"어차피 이곳에 갇혀 있다 보면, 언젠가는 썩어버릴 텐데. 그냥 썩어버리느니 맛 좋은 파이가 되는 편이 훨씬 더 낫지 않을까?"

"맞는 말이야."

허수아비가 맞장구를 쳤다.

"오, 세상에!"

잭이 신음소리를 냈다.

"이 얼마나 불행한 운명인가! 아버지, 아버지는 왜 저를 양철로 만들지 않으셨나요? 아니면 지푸라기라도? 그랬으면 나는 영원히 살 수 있을 텐데 말이죠."

"이런 멍청이!"

팁이 버럭 화를 냈다.

"너는 내가 만들어준 것만으로도 고맙게 생각해야 해. 모든 것에는 끝이 있기 마련이야. 언젠가는 말이야."

"저는 여러분에게 한 가지만 말씀드리고 싶군요."

워글 벌레가 말을 꺼냈다. 그의 눈에는 걱정이 가득했다.

"저 무시무시한 진저 여왕은 저를 수프로 만들겠다고 했습니다! 바로 나를 말이죠! 이 넓고 넓은 세상에 단 하나뿐인 대단히 위대하고 완전한 교육을 받은 워글 벌레를!"

"나는 그거야말로 정말 멋진 계획이라고 생각하는데."

허수아비가 입을 열었다.

"저 벌레는 아주 훌륭한 수프가 될 것 같지 않은가?"

양철 나무꾼이 친구를 돌아보며 물었다.

"그래, 그럴 것 같아."

허수아비가 고개를 끄덕였다. 워글 벌레는 할 말을 잃고 신음 소리를 내더니 서글픈 목소리로 말을 이었다.

"저는 눈앞에 훤히 그려볼 수가 있습니다. 염소가 산산조각으로 잘려진 사랑하는 내 친구 양철 나무꾼을 씹어먹고 있는 모습을 말이죠. 그 동안 나는 수프가 되어 목마와 호박머리 잭의 몸을 장작으로 태우는 벽난로 위에서 끓고 있겠죠. 진저 여왕은 수프를 지켜보면서 내 친구 허수아비를 조금씩 불 속에 집어넣을 거라구요!"

이 끔찍한 광경을 생각하자, 모두들 공포감에 사로잡혀 안절부절 못했다.

"적어도 한동안은 그런 일이 일어나지 않을 거야. 궁전 문을 부숴버리기 전까지는 진저가 궁전 안으로 들어올 수가 없으니까 말이야."

양철 나무꾼이 우울한 분위기를 바꾸려고 애를 썼다.

"그 동안에 나와 워글 벌레는 굶어죽고 말 거예요."

팁이 불평했다.

"저로 말씀드리자면……."

워글 벌레가 입을 열었다.

"저는 호박머리 잭을 먹으며 한동안 살아갈 수 있을 것이라고 생각합니다. 물론 음식보다 호박을 더 좋아하는 것은 아닙니다. 하지만 호박에도 어느 정도 영양가가 있겠지요.

게다가 잭의 머리는 아주 크고 살이 통통히 쪘으니까요.”

“잔인하기도 하지!”

벌레의 말에 큰 충격을 받은 양철 나무꾼이 소리쳤다.

“한번 물어봅시다. 우리가 식인종인가? 아니면 진정한 친구들인가?”

“이 궁전 안에 이대로 갇혀 있을 수 없다는 것은 확실해.”

허수아비가 뭔가 결심을 한 듯이 입을 열었다.

“이제 모두들 비관적인 이야기는 그만두고 이곳에서 달아날 방법이나 찾아봅시다.”

허수아비의 제안에 따라 그들은 모두 왕좌를 둘러싸고 한 자리에 모였다. 왕좌에는 허수아비가 앉았다. 팁이 의자에 앉으려고 하는 순간, 그의 호주머니에서 후추 상자가 떨어졌다. 상자는 마루 위를 데구르르 굴러갔다.

“이게 뭐지?”

양철 나무꾼이 상자를 집어들며 물었다.

“조심해요!”

팁이 황급히 소리쳤다.

“그건 생명의 마법 가루예요. 함부로 흘려서는 안돼요. 이제 거의 바닥이 났단 말이에요.”

“생명의 마법 가루가 뭐지?”

허수아비가 조심스럽게 호주머니 속에 상자를 넣고 있는 팁에게 물었다.

“몸비 할머니가 꼬부라진 마법사 할아버지에게서 얻은 마

법의 약이에요."

팁이 설명했다.

"잭이 살아서 움직이게 된 것도 그 가루 때문이죠. 그 후에 나는 가루를 사용해서 목마를 움직이게 만들었죠. 이 가루를 뿌리면 무엇이든 살아서 움직이게 되는 것 같아요. 하지만 이제 겨우 한번 쓸 분량밖에는 남지 않았어요."

"그것 참 귀중한 것이군."

양철 나무꾼이 말했다.

"정말이야."

허수아비가 고개를 끄덕였다.

"어쩌면 이 위험에서부터 벗어날 수 있는 가장 좋은 방법이 생겨날지도 몰라. 생각을 좀 해봐야겠어. 팁, 미안하지만 네 칼로 내 머리 위의 이 무거운 왕관을 좀 벗겨주겠니?"

팁은 곧 허수아비의 머리에 왕관을 꿰매 놓은 실을 끊었다. 한때 에메랄드 시의 왕이었던 허수아비는 안도의 한숨을 내쉬며 왕좌 옆에 놓인 탁자 위에 왕관을 내려놓았다.

"이것이 내가 왕이었다는 마지막 기념물이야."

허수아비가 말했다.

"그리고 이제 그 왕관을 벗게 되어서 난 무척 기뻐. 이전에 이 도시를 다스리던 왕의 이름은 패스토리아라고 하는데, 위대한 마법사에게 왕위를 빼앗겼지. 그리고 마법사가 나에게 그 자리를 물려준 거야. 이제 진저라는 소녀가 이

자리를 원하고 있으니, 부디 두통이나 생기지 않기를 진심
으로 바라겠어."

"자네는 참으로 마음씨 고운 친구야! 존경할 만해."

양철 나무꾼이 고개를 끄덕이며 친구를 칭찬했다.

"이제 나는 조용히 생각을 좀 해야겠어."

허수아비는 왕좌에 몸을 기대었다.

다른 일행들은 허수아비의 생각을 어지럽히지 않도록 가
능한 한 조용히 입을 다물고 있었다. 모두들 허수아비의 뛰
어난 두뇌를 굳게 믿고 있었기 때문이었다.

초조하게 기다리는 사람들에게는 일분 일초가 몇 년처럼
길게만 느껴졌다. 마침내 몸을 벌떡 일으킨 허수아비는 너
무나 자랑스러운 표정으로 친구들을 바라보았다.

"오늘따라 내 두뇌가 아주 훌륭하게 움직여 주는군. 정말
자랑스러운 두뇌야! 자, 내 말을 들어봐! 우리가 궁전의 문
으로 도망치려고 한다면, 당장 붙잡히고 말 거야. 그렇다고
땅 속으로 도망칠 수는 없으니까 방법은 단 한가지뿐이야.
우리는 하늘로 도망쳐야 해!"

허수아비는 잠시 말을 멈추고 다른 사람들의 반응을 살펴
보았다. 하지만 모두들 두 눈만 껌벅껌벅 하면서 어리둥절
한 표정이었다.

"마법사 오즈는 풍선을 타고 이곳을 벗어났어."

허수아비가 말을 이었다.

"물론 우리는 어떻게 풍선을 만드는지 그 방법을 모르지.

하지만 하늘을 날 수 있는 것이라면 무엇이든 우리를 데리고 날아갈 수 있을 거야. 그래서 나는 솜씨 좋은 내 친구 양철 나무꾼에게 일종의 기계를 만들어 달라고 부탁하겠어. 그것은 튼튼한 날개를 가지고 있고 우리를 모두 태울 수 있는 것이어야 해. 그런 다음에 우리 친구 팁이 마법의 가루를 가지고 그 기계를 살아서 움직이게 만드는 거야."

"브라보!"

양철 나무꾼이 소리쳤다.

"이 얼마나 놀라운 머리인가!"

호박머리 잭이 중얼거렸다.

"참으로 똑똑하군!"

교육받은 워글 벌레가 감탄했다.

"충분히 가능할 것 같아요. 양철 나무꾼이 그런 물건을 만들 수만 있다면 말이죠."

팁이 말했다.

"최선을 다해 볼게."

양철 나무꾼이 쾌활하게 말했다.

"사실 나는 한번 시작한 일은 실패한 적이 별로 없어. 그 물건은 궁전의 지붕 위에서 만들어야 하겠군. 그래야 편안하게 하늘로 날아갈 수 있을 테니까 말이야. 그럼 궁전 안을 뒤져보자. 눈에 띄는 재료들은 무엇이든 전부 지붕 위로 가지고 올라오도록 해. 그곳에서 나는 일을 시작하고 있을 테니까 말이야."

양철 나무꾼이 말했다.

"잠깐만! 그것보다 먼저 할 일이 있어요."

호박머리 잭이 말했다.

"제발 나를 이 말에서 풀어주세요. 그리고 나도 걸을 수 있도록 왼쪽 다리를 만들어주세요. 이런 상태로 있으면 나는 어느 누구에게도 쓸모가 없으니까 말이죠."

양철 나무꾼은 마호가니 탁자를 도끼로 부순 다음, 다리 하나를 만들 정도의 크기로 잘랐다. 그리고 잘 다듬어서 호박머리 잭의 몸에 연결해 주었다. 잭은 새로 생긴 다리를 무척 자랑스럽게 여겼다.

"그것 참 이상하군요."

양철 나무꾼의 작업을 지켜보면서 호박머리 잭이 말했다.

"나의 왼쪽 다리야말로 내 몸 중에서 가장 우아하고 튼튼한 부분이 된 것 같아요."

"그건 네가 평범하지 않다는 증거야."

허수아비가 설명했다.

"나는 이 세상에서 소중히 여길 만한 가치가 있는 사람은 오직 평범하지 않은 사람들뿐이라고 확신해. 평범한 사람들은 나무에 매달린 나뭇잎과 같아. 그저 조용히 살다가 죽어갈 뿐이지."

"마치 철학자처럼 말씀하시는군요!"

호박머리 잭을 일으켜 세우는 양철 나무꾼을 도와주고 있던 워글 벌레가 감탄했다.

"기분이 어때?"

팁은 두 발을 구르며 새로운 다리를 시험해보는 호박머리 잭을 걱정스럽게 바라보았다.

"새로 만들어진 것처럼 아주 좋아요. 그리고 여러분을 도와서 탈출할 준비가 다 되었어요."

호박머리 잭이 즐겁게 대답했다.

"그럼, 일을 시작해 봅시다."

허수아비가 아주 진지하게 말했다.

마침내 포로 상태에서 벗어날 수 있는 방법을 찾게 된 것을 기뻐하며 허수아비와 그 친구들은 뿔뿔이 흩어져서 궁전 안을 뒤지기 시작했다. 하늘을 날아가는 기계를 만드는 데 사용할 만한 재료를 찾기 위해서였다.

17
검프의 놀라운 비행

우리의 모험가들이 지붕 위에 모였을 때, 각자의 손에
는 궁전 구석구석에서 찾아온 온갖 잡동사니들이 들려 있
었다. 어느 누구도 정확히 어떤 부품이 필요한 것인지 알지
못했다. 하지만 모두들 뭔가를 하나씩 가지고 왔다.

워글 벌레는 중앙 복도에 있는 장식 선반 위에서 검프의
머리를 가지고 왔다. 그 머리에는 멋진 뿔이 뻗어 있었다.
벌레는 그것을 조심스럽게 들고서 갖은 고생 끝에 계단을
지나 지붕 위까지 올라온 것이다.

검프라는 짐승의 머리는 사슴의 머리와 비슷했는데, 다만 코 끝이 위로 말려 있고 염소처럼 턱에 수염이 나 있는 것이 특징이었다. 워글 벌레가 왜 이 머리를 가지고 왔는지는 벌레 자신도 설명할 수가 없었다. 그저 기묘하게 생긴 그 모습이 호기심을 끌었던 것이다.

팁은 목마의 도움을 받아 덮개를 씌운 커다란 소파를 지붕 위까지 가지고 왔다. 그것은 높은 등받이와 손잡이가 있는 상당히 오래 된 가구였다. 게다가 너무나 무거워서 목마의 등에 무게를 다 지우고 왔는데도, 지붕 위에 소파를 쿵 하고 내려놓고 나자, 소년은 숨이 차서 말을 할 수도 없을 정도였다.

호박머리 잭은 빗자루를 가지고 왔다. 제일 먼저 눈에 띈 물건이기 때문이었다. 허수아비는 긴 끈 꾸러미와 밧줄을 마당에서 가지고 왔다. 계단을 올라오는 동안 밧줄에 몸이 뒤엉키는 바람에 허수아비는 팁이 구해 주지 않았다면 밧줄과 함께 지붕 위에서 굴러떨어질 뻔했다.

양철 나무꾼은 제일 마지막에 나타났다. 나무꾼 또한 뒷마당에 갔다 왔는데 커다란 야자 나무에서 크고 넓적한 나뭇잎을 네 장 잘라 가지고 왔다.

"이런, 양철 나무꾼!"

친구가 저지른 일을 보고 허수아비가 부르짖었다. 그 야자나무는 에메랄드 시민들의 큰 자랑거리였던 것이다.

"자네는 에메랄드 시에서 저지를 수 있는 가장 커다란 죄

를 저질렀네. 내 기억이 맞다면, 왕실 야자나무의 나뭇잎을 잘라낸 죄에 대한 벌은 7번 사형에 처한 다음 평생토록 감옥에 가두어 놓는 것일세."

"지금은 어쩔 수가 없는 일이야."

양철 나무꾼이 커다란 나뭇잎을 지붕 위에 내려놓았다.

"우리가 탈출하기 위해서는 이것이 꼭 필요하거든. 이제 너희들이 가져온 물건들을 좀 보자."

허수아비 일행은 지붕 위에 가득 쌓인 온갖 잡동사니들을 의심스러운 눈길로 쳐다보았다. 마침내 허수아비가 고개를 절레절레 흔들며 한 마디 했다.

"글쎄, 만약 내 친구 양철 나무꾼이 이런 잡동사니들로 우리를 안전하게 태우고 하늘을 날아갈 수 있는 물건을 만든다면, 양철 나무꾼이야말로 대단히 훌륭한 기술자라고 인정하지 않을 수 없겠는걸."

처음에 양철 나무꾼은 이것들을 가지고 어떻게 해야 할지 알 수 없는 것 같았다. 한동안 부드러운 가죽으로 이마만 열심히 문지르더니 드디어 일을 시작하기로 마음을 먹었다.

"이 기계를 만드는 데 첫번째로 필요한 것은 우리 모두를 태우고 갈 수 있는 커다란 몸이야. 이 소파가 우리가 가진 것 중에서 제일 큰 것이니까 이것을 몸으로 쓰면 되겠군. 하지만 만약 옆으로 쓰러지기라도 하면 우리는 모두 미끄러져서 땅에 떨어질 거야."

"소파 두 개를 붙이면 되잖아요? 아래층에 이것과 똑같은 소파가 있어요."

팁이 제안했다.

"아주 좋은 생각이군! 그럼 당장 소파를 가져오도록."

양철 나무꾼이 말했다.

팁과 목마는 낑낑거리며 또 다른 소파를 지붕 위로 날라 왔다. 소파 두 개를 마주 붙이고 나니 온 사방이 막혀 있는 안전한 요새처럼 보였다.

"아주 훌륭하군! 여기 올라타면 무척 편안할 거야."

허수아비가 소리쳤다.

두 개의 소파를 밧줄과 끈으로 튼튼하게 묶었다. 그리고 나서 양철 나무꾼은 검프의 머리를 한쪽 끝에 단단히 붙였다.

"이렇게 해놓으면 어느 쪽이 앞인지 알 수 있겠지. 게다가 이 모양을 잘 살펴보면 검프는 마치 이 물건의 머리처럼 보이잖아. 내가 일곱 번이나 목숨을 위태롭게 하면서까지 구해온 이 커다란 야자잎사귀는 날개로 사용할 거야."

나무꾼은 자신의 생각에 무척 만족했다.

"나뭇잎이 튼튼할까요?"

팁이 의심스러운 듯이 물었다.

"우리가 구할 수 있는 물건 중에서 가장 튼튼한 거야."

나무꾼이 대답했다.

"비록 이 물건에는 어울리지 않는다고 해도, 지금 우리는 이것저것 따질 수 있는 상황이 아니야."

나무꾼은 야자수 잎을 소파 양쪽에 두 개씩 붙였다. 그러자 워글 벌레는 감탄을 금치 못했다.

"드디어 완성되었군요. 남은 것은 오직 이것을 살아 움직이게 하는 것뿐이에요."

"잠깐만 멈추세요!"

호박머리 잭이 다급하게 소리쳤다.

"내가 가져온 빗자루는 쓰지 않을 건가요?"

"그걸 뭐에다 쓰지?"

허수아비가 물었다.

"뒤에다 붙여서 꼬리로 쓰면 되잖아요. 꼬리가 없다면 완성품이라고 말할 수 없어요."

"음!"

양철 나무꾼이 난처한 표정을 지었다.

"꼬리가 있다 해도 무슨 쓸모가 있을지 모르겠는걸. 우리는 짐승이나 물고기나 새를 만들려는 것이 아니야. 그저 우리를 태우고 하늘을 날아갈 수 있는 걸 만드는 거라구."

"어쩌면 이 물건이 살아났을 때, 꼬리를 방향키로 사용할지도 모르지."

허수아비가 말했다.

"만약 이것이 하늘을 날게 된다면 새와 비슷할 것 아닌가? 내가 보기에 모든 새들은 다 꼬리를 가지고 있어. 하늘을 나는 동안 방향을 잡기 위해 꼬리를 사용한단 말이야."

"좋았어!"

양철 나무꾼이 대답했다.

"그럼 빗자루는 꼬리로 사용하도록 하자."

나무꾼은 소파의 끝에 빗자루를 단단히 고정시켰다.

마침내 팁이 호주머니에서 후추 상자를 꺼냈다.

"이 물건은 상당히 커보이는군요."

팁은 몹시 걱정스러운 것 같았다.

"이렇게 커다란 물건을 살아서 움직이게 할 만큼 충분한 가루가 남아 있는지 모르겠어요. 하지만 가능한 한 많은 부분에 뿌려 볼게요."

"특히 날개에 많이 뿌리도록 해. 최대한 튼튼하게 만들어야 하니까."

양철 나무꾼이 말했다.

"머리에도 잊지 말아요!"

워글 벌레가 소리쳤다.

"꼬리에도!"

호박머리 잭이 한 마디 거들었다.

"조용히 해요!"

팁이 신경질적으로 소리쳤다.

"내가 마술을 제대로 부릴 수 있도록 조용히 해줘야 하잖아요."

팁은 아주 조심스럽게 귀중한 마법의 가루를 골고루 뿌리기 시작했다. 네 개의 날개에 제일 먼저 가루를 덮어씌웠다. 그리고 소파 위에 가볍게 뿌리고 꼬리에는 살짝 뿌리는 시늉만 했다.

"머리! 머리! 제발 부탁이에요. 머리를 잊지 마세요!"

워글 벌레가 열심히 소리쳤다.

"가루가 아주 조금밖에 남지 않았어요."

팁이 상자 안을 들여다보며 말했다.

"내가 보기에는 머리보다는 소파의 다리를 살아 움직이도록 하는 것이 더 중요할 것 같은데요."

"그렇지 않아. 어느 것이나 방향을 잡으려면 반드시 머리가 필요한 법이야. 이 물건은 걸어다니는 것이 아니라, 하늘을 날아다닐 것이니까 다리는 살아 있든 살아 있지 않든 중요하지 않아."

허수아비가 결정을 내렸다. 이 결정에 따라 팁은 검프의 머리에 나머지 가루를 뿌렸다.

"이제 모두 조용히 하세요! 주문을 외워야 하니까요!"

팁이 말했다.

몸비 할머니가 외는 주문을 들은 적이 있고 이미 한번 목마를 살아나게 한 적이 있었기 때문에 팁은 조금도 망설이지 않고 손가락을 움직이면서 세 번의 신기한 주문을 외웠다.

그것은 아주 엄숙하고도 놀라운 의식이었다.

마법의 주문이 끝나자, 하늘을 나는 물건은 거대한 몸을 부르르 떨었다. 그리고 검프는 큰소리로 울부짖으며 네 개의 커다란 날개를 정신없이 퍼덕이기 시작했다.

팁은 재빨리 굴뚝에 매달렸다. 그렇지 않았다면 날개가 일으키는 세찬 바람에 의해 지붕 아래로 굴러떨어졌을 것이다. 몸무게가 가장 가벼운 허수아비는 바람에 날려 허공에 붕 떠올랐다. 다행히 팁이 허수아비의 한쪽 다리를 꽉 붙잡을 수 있었다. 위글 벌레는 지붕 위에 납작하게 몸을 엎드려서 위험에서 벗어날 수 있었다. 양철의 무게 때문에 날아갈 위험이 없는 양철 나무꾼은 호박머리 잭을 감싸 안았다. 덕분에 잭은 목숨을 구할 수 있었다. 목마는 뒤로 벌렁 나자빠져서 네 다리를 허우적거리고 있었다.

모두들 제각기 몸을 추스르느라 정신이 없는 동안, 하늘을 나는 기계는 천천히 하늘로 떠오르기 시작했다.

"이봐! 돌아와!"

깜짝 놀란 팁이 정신없이 소리쳤다. 그는 한쪽 손으로는 굴뚝을 붙잡고 다른 한 손으로는 허수아비를 잡고 있었다.

"어서 돌아와. 명령이야!"

바로 이 순간에 기계의 다리가 아니라 머리를 살아나게 해야 한다고 주장한 허수아비의 지혜가 옳았다는 것이 증명되었다. 왜냐하면 이미 하늘 높이 날아간 검프가 팁의 명령을 듣고 고개를 돌렸기 때문이다. 그리고 조금씩 원을 그리며 궁전의 지붕이 가까워질 때까지 아래로 내려왔다.

"돌아와!"

소년이 다시 소리쳤다.

검프는 명령에 따라서 네 개의 날개를 우아하게 천천히 움직이면서 지붕 위에 내려앉았다.

18
갈가마귀 둥지에 떨어지다

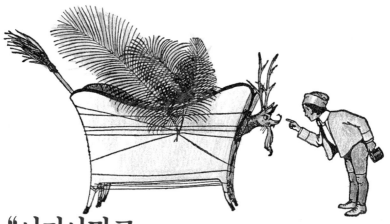

"이거야말로 이제껏 내가 들어본 소리 중에 가장 신기한 소리였어."

검프가 커다란 덩치에 어울리지 않게 가늘고 앳된 목소리로 말했다.

"내가 마지막으로 정확하게 기억하는 것은 숲 속을 걷고 있는데 커다란 소리가 들려왔다는 거야. 바로 그 순간에 뭔가가 나를 죽인 것 같아. 그러니까 내 삶은 분명히 거기서 끝나야만 해. 하지만 나는 여기 다시 살아 있잖아? 이렇게 네 개의 거대한 날개를 가지고 말이야. 내 몸으로 말하자면, 어떤 존경할 만한 동물이나 새라고 해도 이런 몸을 가졌다면 매우 부끄러워했을 거야. 그런데 이게 도대체 어떻게 된 거지? 나는 아직도 검프인가? 아니면 불사신인가?"

이 짐승은 이렇게 중얼거리면서도 연신 턱수염을 우스꽝스럽게 씰룩거렸다.

"넌 그냥 하늘을 나는 기구일 뿐이야."

팁이 대답했다.

"검프의 머리를 달고 있을 뿐이지. 우리가 너를 만들었어. 그리고 너에게 생명을 불어넣어준 거야. 우리를 태우고 우리가 원하는 곳으로 데려다 주도록 말이야."

"좋아요!"

하늘을 나는 기구가 말했다.

"내가 검프가 아니라면, 나는 검프의 자존심이나 독립적인 정신을 가질 필요가 없죠. 그러므로 기꺼이 당신의 하인이 되겠어요. 이제 나에게 남은 유일한 위안이라면 내 몸이 별로 튼튼하게 만들어진 것 같지 않다는 것뿐이에요. 그러니까 노예 상태로 오래 살지는 않겠죠."

"제발 그렇게 말하지 마! 부탁이야!"

양철 나무꾼이 울먹였다. 따뜻한 마음을 가진 나무꾼은 이 슬픈 고백을 듣고 마음이 아팠던 것이다.

"오늘 기분이 별로 좋지 않은 모양이지?"

"오, 내 기분으로 말하자면……."

검프가 대답했다.

"오늘은 내가 생겨난 첫날이기 때문에 기분이 좋은지 나쁜지 도무지 알 수가 없네요."

검프는 빗자루 꼬리를 앞뒤로 흔들면서 생각에 잠겼다.

허수아비가 친절하게 말했다.

"자, 자! 좀더 기운을 내도록 해. 그리고 너에게 주어진 삶을 받아들여. 우리도 친절한 주인이 될 테니까. 가능한 한 네가 행복하게 살 수 있도록 노력할게. 이제 우리를 태우고 우리가 원하는 곳이면 어디든지 데려다 주겠니?"

"물론이죠. 나는 하늘을 날아다니는 것이 훨씬 더 좋아요. 만약 땅을 걸어다니다가 나와 같은 종족을 만나게 되면, 나는 부끄러워서 어쩔 줄 모를 거예요."

검프가 대답했다.

"충분히 이해할 수 있어."

양철 나무꾼이 동정어린 목소리로 말했다.

"하지만 주인 여러분들을 자세히 살펴보니, 여러분들 중에 나보다 더 정교하게 만들어진 분은 없는 것 같군요."

"겉모습은 속임수에 불과해."

워글 벌레가 진지하게 말했다.

"나는 대단히 위대하고 완전한 교육을 받은 벌레야."

"나의 두뇌는 아주 보기 드문 훌륭한 것이야."

허수아비가 자랑스럽게 덧붙였다.

"나는 비록 양철로 만들어지기는 했지만, 이 세상에서 가장 따뜻하고 감탄할 만한 심장을 가지고 있어."

양철 나무꾼이 말했다. 그러자 호박머리 잭도 말했다.

"내 미소로 말하자면, 네가 가장 관심을 기울여야 할 거야. 이 미소는 항상 변함이 없으니까 말이야."

"영원 불변!"

워글 벌레가 잔뜩 거드름을 피우며 설명했다. 검프는 고개를 돌려 벌레를 노려보았다.

"나로 말하자면……."

목마가 앞으로 나섰다.

"참으로 주목받을 만해. 왜냐하면 그게 마땅하니까."

"이렇게 훌륭한 주인들을 만나다니 자랑스럽군요."

검프는 시들한 목소리로 말했다.

"하지만 이제 막 생겨난 저에 대한 소개를 먼저 할 수 있다면 좋겠어요."

"곧 할 시간이 있을 거야."

허수아비가 말했다.

"'너 자신을 안다는 것'은 굉장히 중요한 일이지. 너보다 훨씬 오래 산 우리들을 모두 소개하자면 몇 달이 걸릴 거야. 하지만 지금은 말이지……."

허수아비가 다른 사람들을 돌아보았다.

"어서 올라타도록 하자. 여행을 떠나야 하니까."

"어디로 가야 하죠?"

팁이 재빨리 소파 위로 뛰어오르며 물었다. 팁은 호박머리 잭이 올라타는 것을 도와주었다.

"남쪽 나라에 가면, 아름답고 친절한 글린다라는 여왕이 있어. 여왕은 틀림없이 우리를 반갑게 맞아 줄 거야."

허수아비가 검프에게 명령을 내렸다.

"우리를 남쪽 나라로 데리고 가거라! 여왕에게 조언을 구해 보자."

"그것 참 좋은 생각이야. 나도 착한 마녀 글린다를 잘 알고 있는데, 글린다라면 틀림없이 우리를 도와줄 거야."

양철 나무꾼이 칭찬했다. 워글 벌레와 목마도 소파 뒷좌석에 올라탔다.

"모두 준비가 되었나요?"

팁이 물었다.

"그래."

양철 나무꾼은 허수아비 옆에 자리를 잡고 앉았다.

"그럼, 우리를 남쪽 나라로 데리고 가줘. 집이나 나무를 피할 수 있을 정도의 높이로만 날아줘. 너무 높이 날아가면 어지럽거든."

"좋아요."

검프는 간단하게 대답했다. 그리고는 네 개의 커다란 날개를 퍼덕이더니 천천히 하늘로 떠올랐다. 우리의 모험가들은 떨어지지 않도록 소파의 손잡이나 등을 꽉 붙잡았다. 검프는 남쪽으로 방향을 돌리더니 날쌔고 우아한 동작으로 힘차게 날아갔다.

"잘못하다가는 굴러떨어질 수도 있으니 꼭 잡고들 있어요. 꽤 심하게 흔들리는 것 같은데……."

허수아비가 말했다.

"이제 곧 어두워질 거예요."

지평선 아래로 저물어가는 태양을 바라보며 팁이 걱정스럽게 말했다.

"아침이 될 때까지 기다렸어야 하는 것이 아닐까요? 깜깜한 밤하늘을 검프가 날아갈 수 있을지 모르겠어요."

"나도 그 점이 의심스러워요."

검프가 조용히 대답했다.

"여러분들도 아시겠지만, 나에게도 이건 새로운 경험이니까요. 옛날에 나는 땅 위에서 네 발로 뛰어다녔어요. 그런데 지금은 내 다리가 모두 잠들어 있는 것처럼 느껴지는군요."

"네 말이 맞아."

팁이 말했다.

"네 다리는 살아서 움직이게 만들지 못했어."

"너는 하늘을 날아가라고 만든 것이지 땅 위에서 걸어다니라고 만든 것이 아니니까."

허수아비가 설명했다.

"걸어다니는 건 우리도 할 수 있지요."

워글 벌레도 말했다.

"여러분들이 나에게 원하는 것이 무엇인지 알 것 같군요.

214 환상의 나라 오즈

여러분들을 기쁘게 하기 위해서 최선을 다하겠어요.”

검프는 한동안 말없이 날아갔다. 얼마 있지 않아 호박머리 잭이 또 걱정을 하기 시작했다.

“이렇게 하늘을 날아가다가 내 호박머리가 망가지는 것은 아닐까요?”

“당신이 실수로 머리를 땅에 떨어뜨리지만 않는다면 괜찮을 겁니다. 만약 그런 일이 벌어진다면, 당신 머리는 더 이상 호박이 아니라 으깨진 덩어리에 불과하게 되겠죠.”

워글 벌레가 대답했다.

“그런 기분 나쁜 농담하지 말라고 부탁했잖아요?”

팁이 사나운 표정으로 워글 벌레를 노려보았다.

“물론 그랬죠. 그래서 좋은 농담이 생각나도 꾹 참고 있는 겁니다.”

벌레가 태연하게 대답했다.

“하지만 우리 말에는 멋진 농담을 할 수 있는 기회가 너무나 많기 때문에 저처럼 훌륭한 교육을 받은 사람들은 그런 유혹을 뿌리치기가 거의 불가능할 정도랍니다.”

“당신보다 못한 교육을 받은 사람들도 그런 농담이라면 이미 몇 세기 전부터 다 알고 있었어요.”

팁이 쏘아붙였다.

“그게 정말인가요?”

워글 벌레가 깜짝 놀란 표정으로 물었다.

“그렇고말고요. 물론 교육을 받은 워글 벌레는 새롭고 신기한 것일지 몰라요. 하지만 당신이 말하는 것을 들어보면, 워글 벌레가 받은 교육이란 저기 있는 저 언덕만큼이나 낡고 오래된 것뿐이군요."

팁이 의기양양하게 말했다.

이 말에 벌레는 커다란 충격을 받은 것 같았다. 한동안 입을 다물고 조용히 있었다.

한편 팁이 한쪽 구석에 던져 놓은 후추 상자를 발견한 허수아비는 흥미로운 듯이 상자를 이리저리 살펴보았다.

"밖으로 던져 버리세요. 이제는 빈 상자인 걸요. 가지고 있어도 아무런 쓸모가 없어요."

팁이 말했다.

"다 쓴 것이 확실하니?"

허수아비가 호기심어린 눈으로 상자 안을 들여다보았다.

"물론이죠. 상자에 남아 있던 가루를 모두 털었는 걸요."

팁이 대답했다.

"이 상자는 이중 바닥으로 되어 있어. 바깥쪽 바닥에서 약 삼 센티 정도 들어간 곳에 또 다른 바닥이 있어."

허수아비가 말했다.

"어디 한번 보자!"

양철 나무꾼이 허수아비의 손에서 상자를 받아들었다.

"정말이군!"

상자를 꼼꼼이 살펴본 나무꾼이 소리쳤다.

"이 위에 있는 바닥은 속임수야. 도대체 왜 이렇게 만들어 놓았을까?"

"상자를 열어서 그 안에 뭐가 들었는지 살펴볼까요?"

팁은 궁금해서 견딜 수가 없었다.

"좋아, 하지만 이 바닥이 잘 열리지 않는군."

양철 나무꾼이 말했다.

"내 손가락이 좀 굳었나봐. 네가 한번 열어보렴."

나무꾼은 팁에게 상자를 건넸다. 팁은 손쉽게 상자 바닥을 뜯어냈다. 그 안에는 은빛 나는 알약이 세 개 들어 있었다. 알약은 얇은 종이로 여러 겹 싸여 있었다.

팁은 알약을 떨어뜨리지 않도록 조심하면서 천천히 종이를 펼쳤다. 종이 위에는 붉은 색 글씨가 선명하게 씌어져 있었다.

"큰소리로 읽어봐."

허수아비가 말하자, 팁이 큰소리로 읽기 시작했다.

"니키딕 박사의 유명한 소원을 이루는 알약. 사용법. 알약 하나를 삼키고 처음에는 2를 곱하고 그 다음부터는 계속 2를 더해서 열일곱까지 숫자를 센 다음, 소원을 빈다. 그러면 즉시 소원이 이루어질 것이다. 주의, 건조하고 어두운 장소에 보관할 것."

"이거야말로 참으로 귀중한 발견이야!"

허수아비가 감탄했다.

"정말이에요."

팁이 기쁨에 가득 찬 목소리로 외쳤다.

"이 알약은 우리에게 커다란 도움이 될 거예요. 몸비 할머니가 이 상자 바닥에 이런 알약이 들어 있다는 사실을 알고 있었는지 모르겠군요. 생명의 가루도 바로 이 니키딕이라는 사람에게서 얻었다고 하던데."

"그 사람은 놀라운 능력을 지닌 마법사가 틀림없어!"

양철 나무꾼이 말했다.

"생명의 가루가 효력이 있다는 사실이 증명되었으니까 이 알약도 틀림없을 거야."

"하지만 어떻게 둘씩 늘어나도록 17까지 셀 수가 있지? 17은 홀수잖아."

"그렇군요. 이 세상 어느 누구도 곱하기 2를 한 다음에는 둘씩 늘어나도록 17까지 셀 수 없어요."

팁은 몹시 실망했다.

"그렇다면 이 알약은 아무 쓸모도 없겠군요."

호박머리 잭이 잔뜩 힘이 빠진 목소리로 말했다.

"제 가슴은 슬픔으로 가득해요. 내 머리가 절대로 망가지지 않게 해달라고 소원을 빌 작정이었는데……."

"말도 안되는 소리! 혹시라도 이 알약을 사용할 수 있게 된다면, 그보다는 훨씬 더 좋은 소원을 빌어야지."

허수아비가 날카롭게 비난했다.

"도대체 어떤 소원이 더 좋은 소원이라는 건지 알 수 없군요. 만약 당신이 나처럼 언제라도 쉽게 망가질 수 있는 머리를 가졌다면, 나의 고민을 이해할 수 있을 거예요."

"나는 너의 심정을 충분히 이해할 수가 있어."

양철 나무꾼이 끼어들었다.

"하지만 둘씩 늘어나도록 17까지 셀 수가 없으니, 네가 얻을 것이라고는 동정밖에 없는 셈이지."

얼마 있지 않아 주위가 완전히 어두워졌다. 더구나 하늘에는 짙은 구름이 끼어서 달빛조차 새어나오지 못했다.

검프는 열심히 하늘을 날아갔다. 그런데 어떤 이유에서인지 소파로 만든 커다란 몸이 조금씩 흔들리기 시작하더니 시간이 갈수록 더욱 심해졌다.

워글 벌레는 토할 것 같다고 징징거렸다. 팁 또한 얼굴이 새파랗게 질리면서 괴로워했다. 다른 친구들은 소파의 손잡이에 바싹 매달린 채, 밖으로 떨어져 나가지만 않는다면 흔들리는 것쯤은 아무렇지도 않다는 듯한 표정이었다.

밤은 더욱더 깊어갔다. 검프는 어두운 밤하늘을 빠르게 날아갔다.

한동안 시간이 흐른 후에 뭔가 깊이 생각에 빠져 있던 팁이 입을 열었다.

"우리가 언제 착한 마녀 글린다의 성에 도착하는지 어떻게 알 수 있죠?"

"글린다의 궁전까지는 아주 먼 길이야. 나는 한번 여행을 해보았기 때문에 잘 알지."

양철 나무꾼이 대답했다.

"하지만 검프가 얼마나 빨리 날아가는지 모르잖아요. 게

다가 지금은 저 밑에 무엇이 있는지 전혀 보이지 않는 걸요. 아침이 되면, 이미 우리가 가고자 하는 궁전을 지나쳐서 아주 멀리 떨어진 곳까지 가 있을지도 몰라요."

팁이 말했다.

"네 말이 맞아."

허수아비가 불안한 표정으로 고개를 끄덕였다.

"하지만 그렇다고 지금 날아가는 것을 멈출 수는 없어. 강 위를 날아가고 있는지 깊은 계곡 위를 날아가고 있는지 알 수 없잖아. 만약 그렇게 되면 정말 위험한 일이야."

결국 그들은 계속 날아가기로 결정했다. 검프는 커다란 날개를 규칙적으로 흔들며 아침이 되기를 기다렸다.

어슴푸레 새벽이 밝아오자, 소파 밑으로 땅 위를 내려다본 허수아비 일행은 구불구불한 언덕 위에 이상한 모양의 집들이 옹기종기 모여 있는 것을 발견했다. 이 집들은 둥근 지붕 —— 오즈의 나라에 있는 모든 집들이 다 그렇듯이 —— 대신에 가운데가 뾰족하고 사방이 경사가 져 있었다.

또한 탁 트인 벌판 위에는 이상하게 생긴 짐승들이 돌아다니고 있었다. 착한 마녀 글린다의 나라를 방문한 적이 있는 양철 나무꾼과 허수아비의 눈에도 낯설고 이상한 곳이었다.

"길을 잃었나봐! 검프가 오즈의 나라를 완전히 벗어나서 사막 위를 지나간 것이 틀림없어. 우리가 도로시가 말하던 그 끔찍한 바깥 세상까지 왔나봐."

허수아비가 탄식했다.

"빨리 돌아가야 해. 가능한 한 빨리 돌아가야만 한다구!"

양철 나무꾼이 다급하게 소리쳤다.

"방향을 바꿔! 최대한 빨리 방향을 바꾸도록 해!"

팁이 검프에게 소리쳤다.

"어떻게 해야 할지 모르겠어요. 저는 아직 날아가는 데 익숙하지 못하거든요. 제일 좋은 방법은 어딘가 잠시 내려 앉았다가 방향을 바꾸어서 다시 출발하는 거예요."

검프가 대답했다.

하지만 잠시 내려앉을 만한 좋은 장소가 당장 눈에 띄지 않았다. 그들은 아주 커다란 마을 위를 날아갔다. 그 마을이 어찌나 컸던지 워글 벌레는 도시라고 주장하기까지 했다. 그 뒤로 깊은 계곡과 가파른 골짜기가 계속해서 이어지는 높은 산이 나타났다.

"착륙할 수 있는 기회가 왔어요."

산꼭대기에 가까이 다가가자, 소년이 말했다. 그리고 검프에게 명령을 내렸다.

"제일 먼저 눈에 띄는 장소에 착륙해라."

"잘 알겠습니다."

대답을 마친 검프는 두 개의 가파른 절벽 사이에 서 있는 넙적한 바위 위에 내려 앉았다.

하지만 착륙해 본 경험이 거의 없는 검프는 자신의 속력을 조절하지 못했다. 그래서 넙적한 바위 위에 사뿐히 내려

앉지 못하고 몸의 절반쯤을 간신히 바위 끝에 걸쳤다. 바로 그때 오른쪽 날개가 날카로운 바위에 부딪혀 부러지면서 절벽 아래로 굴러 떨어지고 말았다.

우리의 친구들은 있는 힘을 다해 소파에 매달렸다. 검프가 불쑥 튀어나온 바위 끝을 간신히 붙잡자, 소파는 허공에 대롱대롱 매달리고 말았다. 그리고 안에 타고 있던 허수아비 일행은 순식간에 밖으로 튕겨져 나갔다.

다행스럽게도 그들은 절벽 아래로 굴러 떨어지지 않았다. 왜냐하면 바로 밑에 괴물의 둥지가 있었던 것이다. 그것은 움푹 패인 바위 위에 갈가마귀가 만들어 놓은 것이었다. 덕분에 아무도 다치지 않고 안전할 수 있었다. 심지어 호박머리 잭까지도 무사했다. 바닥에 떨어지는 순간, 푹신푹신한 허수아비의 등이 소중한 호박머리를 받쳐주었던 것이다.

한편 팁은 수북이 쌓인 나뭇잎과 종이더미 위에 떨어져서 아무런 상처도 입지 않았다. 위글 벌레는 둥근 머리를 목마의 등에 세게 부딪혔다. 하지만 잠시 몸을 움직이는데 불편을 느끼는 정도였다.

처음에 양철 나무꾼은 기절할 듯이 놀랐다. 하지만 아름다운 니켈판 위에 긁힌 자국이 생긴 것 이외에는 별다른 문제가 없다는 것을 알고, 곧 평소처럼 명랑한 기분을 되찾았다. 그리고 친구들을 돌아보며 유쾌하게 말했다.

"이렇게 갑작스럽게 우리의 여행이 끝나다니! 그렇다고 검프를 탓할 수는 없어. 검프는 최선을 다했으니까. 이 둥

지에서 어떻게 벗어나야 할지 그 방법에 대해서는 나보다 더 뛰어난 머리를 가진 누군가에게 맡겨야 할 것 같군."

이렇게 말한 나무꾼은 허수아비를 바라보았다. 허수아비는 둥지 끝으로 기어가서 밑을 내려다보았다. 그들의 발 아래로는 수백 미터의 낭떠러지가 이어지고 있었다. 그들의 머리 위로는 붙잡고 기어올라갈 수도 없는 매끄러운 절벽이 높이 솟아 있었다. 그나마 불쑥 튀어나온 바위 끝에는 검프의 머리와 소파가 아직도 매달려 있었다.

그곳에서 벗어날 방법이라고는 전혀 없는 것처럼 보였다. 자신들이 어쩔 수 없는 곤경에 빠졌다는 사실을 깨닫자, 허수아비 일행은 당황하기 시작했다.

"궁전 안에 갇혀 있던 것보다 훨씬 더 나쁘게 되었군요."

워글 벌레가 슬픈 표정을 지었다.

"차라리 궁전에 남아 있을 걸 그랬어요. 산 위의 차가운 공기가 호박에게는 별로 좋지 않을 것 같아요."

호박머리 잭이 울먹거렸다.

목마는 벌렁 자빠진 채, 다시 일어나기 위해 버둥거렸다.

"갈가마귀가 돌아오면 큰일이야. 갈가마귀는 특히 호박을 좋아한다구."

"그 새들이 이곳으로 올 것 같은가요?"

호박머리 잭이 몹시 걱정스런 목소리로 물었다.

"물론이지. 이곳이 그들의 둥지거든. 수백 마리도 넘을 거야."

팁이 계속해서 말했다.

"새들이 이곳에 물어다 놓은 물건들 좀 봐!"

둥지 안은 온갖 신기한 물건들로 가득 차 있었다. 새들에게는 아무런 쓸모도 없는 것들이었다. 하지만 갈가마귀는 훔치는 것을 좋아하기 때문에 틈만 나면 사람들의 집에서 물건을 집어오곤 했다. 그리고 사람들이 도저히 접근할 수 없는 이 둥지 안에 안전하게 감춰 두었던 것이다. 그러므로 한번 잃어버린 물건들은 결코 찾을 수가 없었다.

잡동사니 더미를 뒤적거리던 워글 벌레는 아름다운 다이아몬드 목걸이를 찾아냈다. 이것을 본 양철 나무꾼이 어찌나 탐을 내고 부러워하였던지, 벌레는 일장 연설과 더불어 목걸이를 나무꾼에게 선물했다. 나무꾼은 목걸이를 목에 걸고 잔뜩 뽐냈다. 커다란 다이아몬드가 햇빛을 받아 반짝거릴 때마다 좋아서 어쩔 줄을 몰랐다.

바로 이때 요란하게 날개짓 하는 소리가 들려왔다. 그 소리가 점차 가까워지자 팁이 다급하게 외쳤다.

"갈가마귀가 오고 있어요! 우리가 여기 있는 걸 보면 화가 나서 당장 죽여버릴 거예요!"

"너무 무서워! 드디어 내 인생도 끝이 나는구나!"

호박머리 잭이 벌벌 떨며 말했다.

"내 인생도 마찬가지예요! 갈가마귀야말로 우리 종족에게 있어서 가장 큰 적이죠."

워글 벌레가 말했다.

하지만 다른 일행들은 조금도 두려워하는 것 같지 않았다. 어쨌든 허수아비는 당장 성난 새들로부터 친구들을 안전하게 피신시키기로 결정했다. 그리하여 팁에게 호박머리잭의 머리를 가지고 둥지 밑으로 기어들어가라고 명령했다. 팁이 몸을 숨기자, 이번에는 워글 벌레를 팁 옆에 눕게 했다.

한편 오랜 경험으로 어떻게 해야 할지를 잘 알고 있는 양철 나무꾼은 허수아비의 몸을 뜯어서 팁과 워글 벌레의 모습이 전혀 보이지 않도록 지푸라기로 덮었다.

이 일이 끝나자마자, 갈가마귀 무리가 둥지에 도착했다. 둥지 안에서 침입자의 흔적을 발견한 새들은 잔뜩 성이 나서 날카롭게 울부짖었다.

19
니키딕 박사가 만든 소원을
이루어주는 알약

평소에 양철 나무꾼은 온순하고 착한 마음씨를 가지고 있었다. 하지만 일단 위급한 상황이 되면 로마 군인처럼 용감하게 싸움을 했다. 갈가마귀들이 커다란 날개로 나무꾼을 쓰러뜨리고 날카로운 주둥이와 발톱으로 나무꾼의 반짝이는 몸통을 공격하려는 순간, 나무꾼은 도끼를 집어들어 머리 위로 마구 휘둘렀다.

비록 수많은 새들이 나무꾼의 공격에 상처를 입기는 했지만, 용감한 새들은 조금도 물러설 줄 모르고 끊임없이 공격을 계속했다. 그 중에 어떤 새들은 검프의 눈을 쪼기도 했다. 바위 끝에 매달린 검프는 속수무책으로 당할 수밖에 없었다. 하지만 검프의 눈은 유리로 만들어져 있었기 때문에 크게 상처를 입지는 않았다.

다른 갈가마귀들은 목마에게 덤벼들었다. 여전히 뒤로 벌렁 쓰러져 있던 목마는 네 다리를 맹렬하게 버둥거리며 새들을 공격했다. 그 바람에 수많은 새들이 나무꾼의 도끼뿐만 아니라, 목마의 딱딱한 다리에 맞아 물러서고 말았다.

이렇게 거센 저항을 받자, 새들은 팁과 워글 벌레와 허수아비의 머리를 덮고 있는 허수아비의 지푸라기 쪽으로 공격의 방향을 돌렸다. 그들은 미친듯이 지푸라기 더미를 파헤치고 날개로 밀어냈다. 지푸라기는 커다란 계곡 아래로 뿔뿔이 흩어졌다.

자신의 몸 속을 채우고 있던 지푸라기가 사라지는 것을 보고 허수아비의 머리는 양철 나무꾼에게 도움을 요청했다. 마음씨 좋은 이 친구는 다시금 기운을 내어 용감하게 싸우기 시작했다. 나무꾼의 날카로운 도끼가 새까맣게 달려드는 갈가마귀들 사이에서 번쩍번쩍 빛을 발했다.

때마침 검프가 남아 있는 왼쪽 날개를 퍼덕거리기 시작했다. 커다란 날개가 마구 퍼덕거리자, 갈가마귀들은 두려워하는 기색이 역력했다. 마지막 힘을 다해 잠시 허공에 떠오른 검프는 곧 둥지 안으로 쿵 떨어졌다. 이 광경을 본 새들은 혼비백산하여 비명을 지르며 산 위로 날아가 버렸다.

새들이 멀리 사라지는 것을 보고 팁이 둥지 밑에서 기어 나왔다. 그리고 워글 벌레가 기어나오도록 도와주었다.

"우린 살았어!"

소년이 기쁨에 가득 찬 함성을 질렀다.

"그래요! 살았어요!"

교육받은 벌레도 소리쳤다. 벌레는 너무 기쁜 나머지 딱딱한 검프의 머리를 껴안고 펄쩍펄쩍 뛰었다.

"당신과 나무꾼의 도끼 덕분에 우린 살았어요!"

"나도 살았다면 그만 여기서 꺼내줘요!"

호박머리 잭이 소리쳤다. 호박머리 잭은 아직도 소파 밑에 깔려 있었던 것이다. 팁은 간신히 호박을 밖으로 끌어내어 다시 목 위에 올려 놓았다. 그리고 목마를 똑바로 일으켜 세워주면서 말했다.

"너의 용감한 행동에 우리 모두 감사하고 있어."

"우리는 정말 멋지게 위험에서 벗어났어."

양철 나무꾼이 의기양양하게 말했다.

"다 그런 건 아니야!"

어디선가 안타까운 목소리가 들려왔다. 이 소리에 뒤를 돌아본 친구들은 깜짝 놀라고 말았다. 둥지 뒤에 허수아비의 머리가 힘없이 놓여 있었던 것이다.

"난 이제 끝이야!"

놀라움으로 가득 찬 친구들의 얼굴을 바라보며 허수아비가 말했다.

"어디서 내 몸을 채워줄 지푸라기를 구할 수 있겠어?"

이 말을 들은 친구들은 다시 한번 깜짝 놀랐다. 황급히 둥지 주위를 둘러보았지만 지푸라기는 하나도 남아 있지 않았다. 갈가마귀들은 마지막 지푸라기까지 수백 미터 계곡 아래로 내던져 버렸던 것이다.

"불쌍한 내 친구! 자네의 운명이 이렇게 끝날 줄 누가 알았겠는가?"

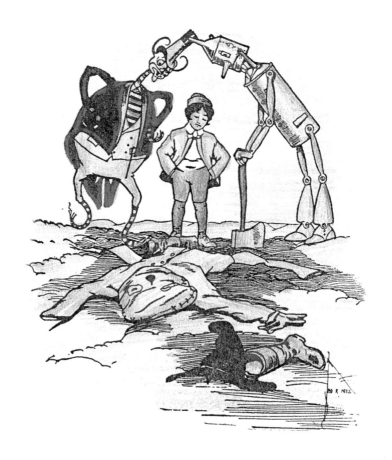

양철 나무꾼은 허수아비의 머리를 조심스럽게 들어서 부드럽게 쓰다듬었다.

"친구들의 목숨을 살리기 위한 일이었네. 이렇게 고귀하고 희생적으로 삶을 마치게 되어서 나는 기쁘다네."

머리만 남은 허수아비가 대답했다.

"여러분들 모두 왜 그렇게 슬퍼하는 겁니까? 허수아비의 옷은 그대로 남아 있는데 말이죠."

워글 벌레가 말했다.

"그건 그래요. 하지만 우리 친구의 옷은 속을 채우지 않으면 아무런 쓸모가 없습니다."

"돈으로 속을 채우면 안 될까요?"

팁이 물었다.

"돈이라구!"

모두들 깜짝 놀라며 한 목소리로 외쳤다.

"이 둥지 밑에는 수천 달러의 지폐가 감추어져 있어요. 2달러짜리 지폐, 5달러짜리 지폐 그리고 10달러, 20달러, 50달러짜리 지폐가 잔뜩 들어 있다구요. 그거라면 허수아비를 열두 개는 만들 수 있을 것 같은데요. 돈을 사용하면 왜 안되는 거죠?"

마침내 양철 나무꾼은 도끼 손잡이로 잡동사니 더미를 뒤적거리기 시작했다. 그리고 한낱 휴지조각처럼 보였던 것이 사실은 여러 나라의 지폐였다는 사실을 발견했다. 그것은 말썽꾸러기 갈가마귀들이 오랫동안 이곳저곳의 마을과 도시에서 훔쳐 온 것이었다.

사람들이 접근하지 못하는 이 둥지 안에는 엄청난 돈이 숨겨져 있었다. 허수아비의 친구들은 팁의 제안대로 서둘러 허수아비의 속을 채워넣기 시작했다.

그들은 엄청난 지폐 더미 속에서 가장 빳빳하고 깨끗한 지폐를 골라서 종류별로 나누어 놓았다. 허수아비의 왼쪽 다리와 발은 5달러짜리 지폐로 채워졌다. 오른쪽 다리는 10달러짜리 지폐로 채워지고

그의 몸은 50달러와 100달러짜리 그리고 1000달러짜리 지폐로 빽빽하게 채워졌다. 어찌나 가득 집어넣었던지 겉옷의 단추가 잘 잠기지 않을 정도였다.

"이제 당신은 세상에서 가장 값비싼 허수아비가 되었군요. 게다가 이렇게 진실한 친구들과 함께 있으니, 당신의 속을 빼내갈 걱정은 하지 않아도 좋을 겁니다."

모든 작업이 끝나자, 워글 벌레가 한 마디 했다.

"고마워요."

허수아비가 기쁨에 가득 찬 목소리로 말했다.

"마치 새롭게 태어난 것 같군요. 물론 처음에는 내 모습이 안전 금고처럼 보일지도 몰라요. 하지만 내 머리는 옛날과 똑같다는 것을 기억해주십시오. 이 머리 속에는 위급한 경우에 항상 의지할 수 있는 지혜가 들어 있답니다."

"지금이 바로 위급한 경우예요. 당신의 머리로 이곳에서 빠져나갈 수 있는 방법을 생각하지 못한다면, 우리는 이 둥지 안에서 남은 일생을 보내야만 할 거예요."

팁이 말했다.

"소원이 이루어지는 알약을 사용하면 어떨까?"

허수아비가 호주머니에서 상자를 꺼냈다.

"이걸 사용하면 이곳에서 빠져나갈 수 있지 않을까?"

"첫 숫자에 곱하기 2를 하고 둘씩 늘어나도록 17까지 세지 못하면 아무 소용이 없어. 하지만 우리 친구 워글 벌레는 고등 교육을 받았다고 주장하니까 이 문제를 쉽게 풀 수 있을 거야."

양철 나무꾼이 대답했다.

"이것은 교육의 문제가 아닙니다. 이것은 수학의 문제입니다. 저는 교수님께서 칠판 위에 수많은 수학 문제를 푸는 것을 지켜보았습니다. 교수님 말씀에 따르면 모든 수학 문제는 X와 Y로 해결될 수가 있습니다. 여기에 수많은 더하기와 빼기와 나누기와 곱하기를 뒤섞는 것이지요. 하지만 제가 기억하는 바로는 무슨 숫자든 2를 곱하면 짝수가 되기 때문에 계속 2를 더해서 17과 같은 홀수를 만들 수는 없어요. 이런 문제에 대해서는 단 한 마디도 하신 적이 없습니다."

벌레가 말했다.

"그만! 그만해요!"

호박머리 잭이 소리를 질렀다.

"당신 말을 듣고 있으니 머리가 쪼개질 것 같아요."

"나도 마찬가지야."

허수아비가 맞장구를 쳤다.

"당신의 수학이란 마치 미끈미끈한 피클을 담아놓은 병처럼 보이는군요. 잡으려고 하면 할수록 자꾸만 달아날 뿐이니까요. 내 생각에는 좀더 간단하고 쉬운 방법으로 이 문제를 해결할 수 있을 것 같소."

"맞아요."

팁이 말했다.

"늙은 몸비 할머니는 나누기나 빼기 따위는 전혀 몰라요. 학교에 가본 적이 한번도 없거든요."

"그렇다면 하나의 절반에다 2를 곱하면 안되는 건가요?"

목마가 불쑥 입을 열었다.

"그럼 아주 간단하게 계속 2를 더해서 17까지 셀 수 있잖아요."

이 말을 들은 허수아비 일행은 입을 딱 벌린 채, 서로의 얼굴을 멍하니 바라보았다. 지금까지 목마가 가장 멍청하다고 생각했기 때문이었다.

"네 말을 들으니 내 자신이 부끄러워지는구나."

허수아비가 목마를 향해 깊이 머리를 숙였다.

"목마의 말이 맞습니다!"

위글 벌레가 손뼉을 쳤다.

"왜냐하면 하나의 절반 곱하기 2는 하나이니까요. 그 다음에는 하나에서부터 둘씩 더해가기만 하면 되잖아요. 아주 간단하군요."

"왜 나는 진작 그런 생각을 하지 못했을까? 그것 참 이상하네."

호박머리 잭이 중얼거렸다.

"난 하나도 안 이상한걸."

허수아비가 핀잔을 주었다.

"너야말로 우리들 중에서 제일 멍청하잖아. 어쨌든 당장 소원을 빌도록 하자. 누가 제일 먼저 알약을 삼켜볼까?"

"당신이 해봐요."

팁이 말했다.

"난 할 수 없어."

허수아비가 대답했다.

"왜죠? 당신도 입이 있잖아요? 그렇지 않나요?"

소년이 따져 물었다.

"물론 입은 있지. 하지만 이건 그림일 뿐이야. 무엇을 삼킬 수는 없다구."

허수아비가 친구들을 날카로운 눈초리로 하나 하나 둘러보며 말을 이었다.

"사실 내 생각에는 우리들 중에서 알약을 삼킬 수 있는 사람은 팁과 워글 벌레밖에 없는 것 같아."

팁은 결국 허수아비의 말을 인정하지 않을 수 없었다.

"할 수 없죠. 그렇다면 내가 제일 처음 소원을 빌어볼게요. 은 알약을 하나 주세요."

허수아비는 알약을 꺼내어 팁에게 건네주려고 했다. 하지만 천으로 만든 그의 손가락은 조그마한 알약을 집어들기에는 너무나 힘이 없었다. 허수아비는 소년에게 상자를 통째로 건네주면서 알약 하나를 고르라고 말했다. 팁은 알약 하나를 집어들고 꿀꺽 삼켰다.

"숫자를 세!"

허수아비가 소리쳤다.

"하나의 절반, 하나, 셋, 다섯, 일곱, 아홉, 열하나, 열셋, 열다섯, 열일곱!"

팁이 숫자를 셌다.

"이제 소원을 말해!"

양철 나무꾼이 재촉했다.

하지만 바로 그 순간 팁은 깜짝 놀랄 정도로 심한 복통을 느끼기 시작했다.

"그 알약에 독이 들었나봐요!"

팁이 입을 딱 벌리고 숨을 헐떡거렸다.

"으윽! 윽! 살려줘요! 가슴이 뜨거워요! 으윽!"

팁은 둥지 바닥을 데굴데굴 구르기 시작했다. 이 광경을 지켜보던 다른 이들은 겁에 질려 어쩔 줄 몰랐다.

"어떻게 도와주면 좋겠니? 말해 봐! 제발!"

양철 나무꾼이 안타깝게 소리쳤다. 니켈로 만든 그의 두 뺨 위에는 눈물이 줄줄 흘러내렸다.

"모르겠어요!"

팁이 간신히 대답했다.

"으윽! 차라리 그 알약을 먹지 않았더라면 좋았을 텐데!"

이 말을 마치자마자 복통이 씻은 듯이 사라졌다. 소년은 다시 몸을 일으켜 똑바로 섰다. 그리고 얼어붙은 듯이 꼼짝하지 않고 후추 상자 안을 들여다보는 허수아비를 발견했다.

"왜 그래요? 무슨 일이죠?"

거짓말처럼 금방 멀쩡해진 팁은 쑥스러운 표정이었다.

"상자 안에 알약이 다시 세 개가 되었어!"

허수아비가 중얼거렸다.

"당연한 일이잖아요. 팁이 알약을 먹지 않았더라면 좋겠다고 소원을 빌었잖아요? 그러니까 소원이 이루어진 것이죠. 팁은 알약을 먹지 않은 게 된 거예요. 상자 안에는 알약이 그대로 남아 있는 거구요."

위글 벌레가 잘난 척을 했다.

"그럴지도 몰라요. 어쨌든 나는 저 알약 때문에 끔찍하게 배가 아팠어요."

팁이 소리쳤다.

"말도 안되는 소리!"

위글 벌레가 계속해서 말했다.

"알약을 삼킨 적이 없다면, 알약 때문에 배가 아팠던 적도 없어야 하는 겁니다. 당신의 소원대로 당신이 알약을 삼키지 않았던 것으로 판명되었으니, 당신도 배가 아프지 않았던 것이 분명해요. "

"그렇다면 이건 참으로 끔찍한 착각이란 말이군요. 다음 번 알약은 당신이 한번 삼켜 보세요. 소원 하나는 벌써 써 버렸으니까요."

팁이 화가 나서 쏘아붙였다.

"아니야, 그렇지 않아!"

허수아비가 소리쳤다.

"상자 안에는 아직도 알약이 세 개가 남아 있어. 그러니 아직도 세 번의 소원을 빌 수가 있는 거야."

"이제는 당신 때문에 제 머리가 쪼개질 것 같아요."

팁이 인상을 찌푸렸다.

"도대체 이게 무슨 일인지 나는 이해할 수 없어요. 어쨌든 나는 절대로 그 알약을 먹지 않겠어요. 맹세코 싫어요!"

"좋아요."

워글 벌레가 고개를 끄덕였다.

"그렇다면 우리의 목숨을 살리는 중대한 임무는 세상에서 가장 위대하고 완전하게 교육을 받은 제가 맡을 수밖에 없군요. 저야말로 기꺼이 소원을 빌 수 있는 유일한 사람인 것 같으니까요. 저에게 알약 하나를 주십시오."

벌레는 주저하지 않고 알약을 꿀꺽 삼켰다. 허수아비와 그 친구들은 벌레의 용기에 감탄하며 그를 바라보고 서 있었다. 벌레는 팁이 했던 것처럼 똑같이 열일곱까지 숫자를 헤아렸다. 어떤 이유에서인지 —— 어쩌면 워글 벌레의 위장이 팁의 위장보다 훨씬 더 튼튼하기 때문인지 모른다 —— 워글 벌레는 알약을 삼키고도 복통을 일으키지 않았다.

"검프의 부러진 날개가 새것처럼 멀쩡하게 고쳐질 수 있도록 해주소서!"

워글 벌레가 천천히 엄숙하게 소원을 빌었다. 그러자 모두들 일제히 뒤를 돌아보았다. 순식간에 소원이 이루어져서 검프는 예전처럼 완전한 모습으로 그들 앞에 놓여 있었다. 그리고 제일 처음 궁전의 지붕 위에서 살아 움직이기 시작했던 때처럼 마음껏 하늘을 날아다닐 수 있었다.

20
착한 마녀 글린다를 찾아서

"우와!"

허수아비가 기쁨에 가득 차서 함성을 질
렀다.

"이제 우리는 언제든지 이 끔찍한 갈가마귀의 둥지를 떠
날 수 있게 되었어!"

"하지만 벌써 날이 어두워졌는걸."

허수아비가 주위를 돌아보았다.

"아침이 될 때까지 기다리지 않고 지금 떠난다면, 또 어

떤 곤경에 빠질지 몰라. 나는 밤에 여행하는 것은 싫어. 무슨 일이 일어날지 모르는 일이잖아.”

양철 나무꾼이 말했다.

그리하여 날이 밝아올 때까지 기다리기로 결정했다. 그동안 우리의 모험가들은 갈가마귀의 둥지에 감추어진 보물들을 찾으며 시간을 보내기로 했다.

위글 벌레는 금 장식이 달린 멋진 팔찌를 두 개나 찾아냈다. 가느다란 그의 팔에 팔찌는 아주 잘 어울렸다. 한편 허수아비는 반지를 찾느라 정신이 없었다. 둥지 안에는 반지가 헤아릴 수 없이 많았다. 천으로 만든 자신의 손가락에 반지를 하나씩 끼고서도 만족하지 못한 허수아비는 양쪽 엄지손가락에까지 반지를 끼고 좋아했다. 특별히 루비나 사파이어와 같은 번쩍이는 보석이 박힌 반지만 골라서 꼈기 때문에 허수아비의 손은 눈이 부셔서 똑바로 쳐다볼 수도 없을 정도였다.

“진저 여왕이라면 이 둥지로 소풍을 오려고 할 거야. 내가 생각하기에 진저와 소녀 병사들이 나를 내쫓은 것은 순전히 그 도시의 에메랄드가 탐이 났기 때문이었어.”

허수아비가 진지한 표정으로 말했다.

양철 나무꾼은 목에 걸린 다이아몬드 목걸이로 충분히 만족하고 있었기 때문에 더 이상 어떤 보석도 가지려고 하지 않았다. 팁은 육중한 시계줄이 달린 회중 금시계를 발견하고 자랑스럽게 호주머니 속에 집어넣었다. 또한 보석이 박힌 브로치를 호박머리 잭의 붉은색 웃옷에 달아주었다. 그리고 목마에게는 긴 줄이 달린 화려한 오페라 안경을 걸어주었다.

"참 예쁘군요. 하지만 어디다 쓰는 물건이죠?"

목마가 오페라 안경을 바라보며 물었다.

그들 중에 아무도 이 질문에 대답할 수 없었다. 결국 목마는 보기 드문 장신구쯤 되는 모양이라고 혼자서 결론을 내리고 무척 좋아했다.

허수아비와 그 친구들은 검프도 빠뜨리지 않았다. 그들은 검프의 뿔 끝에 커다란 반지를 몇 개나 끼워주었다. 하지만 검프는 그런 관심에 조금도 고마워하는 것 같지 않았다.

곧 어둠이 밀려왔다. 팁과 워글 벌레는 잠자리에 들고 다른 일행들은 날이 밝아 오기를 조용히 앉아서 기다렸다.

다음날 아침이 되자, 허수아비와 그 친구들은 검프가 다시 하늘을 날 수 있게 된 것을 천만다행으로 생각하지 않을 수 없었다. 왜냐하면 날이 밝아오는 것과 동시에 갈가마귀의 무리들이 다시 한번 둥지를 되찾기 위해 새까맣게 몰려들었기 때문이다.

우리의 모험가들은 공격이 시작될 때까지 기다리지 않았다. 그들은 최대한 빨리 소파 위로 뛰어 올라갔다. 팁은 검프에게 출발 명령을 내렸다.

검프는 즉시 거대한 날개를 퍼덕이면서 하늘로 솟아올랐다. 눈 깜짝할 사이에 그들은 둥지에서부터 아주 멀리 떨어

진 곳까지 달아날 수 있었다. 둥지를 되찾은 갈가마귀들은 시끄럽게 떠들면서 더 이상 그들을 따라오지 않았다.

검프는 처음 왔던 길을 똑같이 거슬러서 북쪽을 향해 날아갔다. 어쨌든 허수아비는 그 길이 맞다고 생각했던 것이다. 그리고 모두들 허수아비야말로 가장 훌륭한 길잡이라는데 의견을 같이했다.

몇몇 도시와 마을을 지나서 검프는 드넓은 평야 위를 계속 날아갔다. 집들이 점차 줄어들더니 결국에는 한 채도 보이지 않게 되었다. 그 다음에는 모래만이 가득한 드넓은 사막이 나타났다. 오즈의 나라와 다른 세계 사이를 갈라놓는 사막이었다.

정오가 되기 전에 그들이 고향에 돌아왔음을 알려주는 둥근 지붕이 보이기 시작했다.

"집들과 담이 모두 파란색이군."

양철 나무꾼이 실망스러운 듯이 말했다.

"저걸 보니 여기는 뭉크킨들의 나라가 틀림없군. 착한 마녀 글린다가 살고 있는 곳은 아직도 멀었어."

"그럼 어떻게 해야 하죠?"

팁이 길을 이끌고 있는 허수아비를 돌아보았다.

"나도 모르겠어."

허수아비가 솔직하게 말했다.

"만약 에메랄드 시로 다시 돌아갈 수 있다면, 그때부터 다시 남쪽으로 곧장 날아가면 되지. 그렇게 되면 반드시 목적지에 도착할 수 있을 거야. 하지만 에메랄드 시로 돌아갈 수는 없어. 게다가 검프는 또다시 우리를 잘못된 곳으로 데리고 갈 수도 있어."

"그럼 워글 벌레에게 알약을 하나 더 먹이도록 하죠. 그리고 우리가 올바른 방향으로 갈 수 있게 해달라고 소원을 비는 거예요."

팁이 단호하게 말했다.

"좋아요. 기꺼이 그렇게 하죠."

대단히 위대한 벌레는 선선히 대답했다.

하지만 허수아비가 소원을 이루어주는 알약 두 알이 담겨 있는 후추 상자를 찾으려고 호주머니에 손을 넣었을 때, 그의 호주머니는 텅 비어 있었다. 깜짝 놀란 친구들은 소파 구석구석을 샅샅이 뒤져보았다. 그 귀중한 상자가 흔적도 없이 사라진 것이다.

그 동안에도 검프는 계속해서 앞으로 날아가고 있었다. 그들은 어딘지 방향도 모르는 곳으로 실려가고 있었다.

"갈가마귀의 둥지 안에 상자를 떨어뜨렸나봐."

마침내 허수아비가 체념한 듯이 말했다.

"그것 참 안타까운 일이군."

양철 나무꾼이 말했다.

"그렇다고 소원을 이루는 알약을 발견하기 전보다 더 나빠진 것은 하나도 없으니까 괜찮아."

"오히려 더 나아졌죠. 알약 하나를 써서 그 무서운 둥지로부터 벗어날 수 있었잖아요."

팁이 말했다.

"그래도 남은 알약 두 개를 잃어버린 것은 아주 심각한 일이야. 나는 커다란 실수를 저질렀으니 야단을 맞아도 아무 할 말이 없어. 이런 여행에서 사고는 언제든지 일어날 수 있는 거잖아? 어쩌면 지금도 새로운 위험이 다가오고 있는지도 몰라."

아무도 허수아비의 말을 반박할 수 없었다. 그러므로 한동안 우울한 침묵만이 계속되었다.

그 동안에도 검프는 쉬지 않고 날아갔다. 갑자기 팁이 커다란 소리로 고함을 질렀다.

"남쪽 나라에 도착한 것이 틀림없어요! 저 아래를 보세요! 온통 빨간색뿐이에요!"

그들은 당장 소파의 가장자리에 매달려서 아래를 내려보았다. 오직 잭만이 호박머리가 목에서 빠져나갈 것이 두려워서 꼼짝도 하지 않았다. 팁이 말한대로였다. 빨간색 집과 담과 나무들이 착한 마녀 글린다의 영토에 들어왔다는 사실을 분명히 알려주고 있었다. 그들은 빠르게 그 위를 날아가고 있었다.

양철 나무꾼은 발 밑으로 지나가는 길과 건물을 알아볼 수 있었다. 그래서 황급히 검프의 방향을 바꾸어 그 유명한 마녀가 살고 있는 궁전으로 향했다.

"잘 됐어! 이제는 더 이상 소원을 비는 알약이 필요없게 되었어. 이미 목적지에 도착했는걸."

허수아비가 신이 나서 소리쳤다.

검프는 땅을 향해 천천히 내려가기 시작했다. 마침내 글린다의 아름다운 정원이 눈에 들어왔다. 벨벳처럼 부드러운 잔디가 깔린 정원에는 물 대신에 반짝이는 보석이 뿜어져 나오는 분수가 있었다. 검프는 대리석으로 멋진 조각을 새겨놓은 분수대 가장자리에 사뿐히 내려앉았다.

글린다의 정원은 화려하고 아름답게 꾸며져 있었다. 허수아비 일행은 넋을 놓고 주위를 구경하느라 정신이 없었다. 그 때문에 왕실의 병사들이 소리없이 다가와 그들을 빙 둘러싸고 있는 것도 알아차리지 못했다.

착한 마녀의 병사도 소녀들로 이루어져 있었다. 하지만 진저의 반란군들과는 전혀 달랐다. 글린다의 병사들은 깨끗한 군복을 입고 칼과 창을 들고 있었다. 절도 있고 씩씩하게 행진하는 병사들의 모습은 그들이 잘 훈련되었다는 사실을 입증해 주었다.

이 부대를 지휘하는 대장은 과거에 글린다를 직접 호위했던 병사였다. 그러므로 허수아비와 양철 나무꾼을 한눈에 알아보고 정중하게 예의를 갖추어 환영했다.

"잘 지내셨나요!"

허수아비가 모자를 벗으며 명랑하게 인사를 했다. 한편 양철 나무꾼은 군인처럼 손을 들어 경례를 했다.

"저희들은 여러분의 아름다운 여왕 폐하를 접견하기 위해 찾아왔습니다."

"글린다는 지금 궁전에서 여러분을 기다리고 있습니다."

대장이 대답했다.

"여러분이 도착하기 오래전부터 여러분이 오고 있다는 것을 알고 계셨습니다."

"그것 참 신기하군요!"

팁이 감탄했다.

"신기할 것 없어."

허수아비가 대답했다.

"착한 마녀 글린다는 세상에서 가장 위대한 마법사거든.

아무리 사소한 일이라도 오즈의 나라에서 일어나는 일이라면, 글린다가 모르고 지나가는 일은 없어. 내 생각에 글린다는 우리가 찾아온 이유까지 잘 알고 있을 거야."

"그렇다면 굳이 우리가 여기까지 온 이유는 뭐죠?"

호박머리 잭이 멍청하게 물었다.

"네가 얼마나 멍청한 호박인지 알아보기 위해서 왔지!"

허수아비가 톡 쏘아붙였다.

"자, 글린다가 우리를 기다리고 있다면 더 이상 지체해서는 안되지."

허수아비 일행은 소파에서 내려와서 대장의 뒤를 따라 궁전으로 향했다. 목마조차 이 이상한 행렬에 끼어들었다.

글린다는 아름다운 조각이 새겨진 황금 왕좌에 앉아 있었다. 이 이상한 방문객들이 줄지어 방 안으로 들어와 공손하게 인사를 하는 모

습을 보자, 글린다는 도저히 웃음을 참을 수가 없었다. 허수아비와 양철 나무꾼은 이미 잘 아는 친구들이었다. 하지만 우스꽝스럽게 생긴 호박머리나 대단히 위대한 워글 벌레는 지금까지 한번도 보지 못한 이상한 생물이었다.

게다가 목마로 말하자면, 살아서 움직이는 나무토막처럼 보였다. 어찌나 목마의 몸이 뻣뻣했는지 절을 하기 위해 엎드리다가 그만 머리를 마루에 쿵 찧고 말았다. 이 모습을 본 병사들은 일제히 웃음을 터뜨렸다. 글린다도 솔직하게 웃음을 감추지 않았다.

"여왕 폐하께 청이 있습니다."

허수아비가 엄숙한 목소리로 입을 열었다.

"건방지고 무례한 소녀들이 뜨게질 바늘을 가지고 저의 에메랄드 시를 차지하고 말았습니다. 그들은 모든 사람들을 노예로 삼고 거리와 공공 건물에서 에메랄드 보석을 훔치고 있습니다. 그리고 저를 왕위에서 밀어냈답니다."

"이미 알고 있어요."

글린다가 말했다.

"그들은 심지어 저를 없애버리겠다고 위협했습니다. 폐하 앞에 서 있는 저의 착한 친구들까지 모두 말입니다. 우리가 그들의 손아귀에서 간신히 빠져나오지 못했더라면, 벌써 오래전에 저희 인생은 끝났을 것입니다."

"그것도 알고 있어요."

"그래서 여왕 폐하의 도움을 받기 위해 찾아왔습니다."

허수아비가 찾아온 용건을 말했다.

"여왕 폐하께서는 언제나 곤경에 처한 자들을 기꺼이 도와주시는 분이라는 것을 저는 알고 있습니다."

"그 말은 사실이에요."

여왕이 천천히 대답했다.

"하지만 에메랄드 시는 이미 진저 장군의 손에 들어갔어요. 그리고 진저는 자신이 그 도시의 여왕이라고 선언했어요. 그러니 무슨 권리로 내가 그녀를 내쫓을 수 있겠어요?"

"하지만 진저는 저에게서 왕위를 훔쳐갔습니다."

허수아비가 말했다.

"그대는 어떻게 왕위를 가질 수 있게 되었죠?"

"저는 마법사 오즈로부터 물려받았습니다. 그리고 시민들이 저를 선택해 준 것입니다."

허수아비는 계속되는 글린다의 질문에 점점 불안한 표정이 되었다.

"그렇다면 마법사는 어떻게 왕위를 차지했죠?"

여왕은 엄숙한 목소리로 질문을 계속했다.

"제가 듣기로는 이전의 왕이었던 패스토리아로부터 빼앗았다고 합니다."

허수아비는 글린다의 엄숙한 표정에 안절부절 못했다.

"그렇다면 에메랄드 시의 왕위는 그대의 것도 진저의 것도 아니군요. 그것은 마법사에게 왕위를 빼앗긴 패스토리아의 것입니다."

글린다가 단언했다.

"그것은 사실입니다. 하지만 패스토리아는 이미 죽고 없습니다. 그러므로 누군가 그 자리에 올라 나라를 다스려야만 합니다."

허수아비는 순순히 인정했다.

"패스토리아에게는 딸이 있었어요. 그 딸이야말로 에메랄드 시의 왕위를 차지할 정당한 상속자예요. 그대는 그 사실을 알고 있었나요?"

"아닙니다. 만약 그 소녀가 아직까지 살아 있다면, 결코 그 소녀의 앞길을 막지 않겠습니다. 진저가 사기꾼으로 판명될 수 있다면 제가 왕위를 찾은 것만큼이나 저는 만족할 것입니다. 사실 왕이 되는 것은 별로 재미있는 일이 아닙니다. 특히 뛰어난 두뇌를 지녔을 경우에는 더욱 그렇죠. 저는 벌써 오래전부터 왕보다는 훨씬 더 어려운 일에 적합하다는 사실을 알고 있었습니다. 그런데 왕위를 물려받을 그 소녀는 어디 있습니까? 이름은 무엇입니까?"

"그 소녀의 이름은 오즈마예요. 나도 지금껏 오즈마가 어디 있는지 찾아보았지만 헛수고였어요. 왜냐하면 오즈마의 아버지로부터 왕위를 빼앗은 마법사 오즈가 그 소녀를 아무도 모르는 곳에 숨겨두었기 때문이죠. 그리고 나도 잘 모르는 이상한 마법을 사용하여 소녀를 절대로 찾을 수 없도록 해놓았어요. 나처럼 경험이 많은 마법사조차 찾을 수 없었죠."

"그것 참 이상한 일이군요."

워글 벌레가 잔뜩 거드름을 피우며 끼어들었다.

"저는 위대한 오즈의 마법사가 실제로는 사기꾼에 불과했다는 말을 들었는데요."

"말도 안되는 소리! 나에게 이렇게 놀라운 두뇌를 주지 않았던가?"

허수아비는 벌레의 말을 듣고 버럭 화를 냈다.

"나에게 심장을 준 것도 사기가 아니었어."

양철 나무꾼도 몹시 괘씸하다는 눈초리로 워글 벌레를 무섭게 노려보았다.

"아마도 제가 잘못 들은 모양이군요."

갑자기 풀이 죽은 워글 벌레는 몸을 잔뜩 움츠렸다.

"사실 개인적으로 마법사를 만났던 것은 아니에요."

"우리는 직접 만났었소."

허수아비가 자랑스럽게 말했다.

"분명히 말하지만 그는 참으로 위대한 마법사였소. 물론 그에게 약간 사기꾼 기질이 있었던 것은 사실이오. 하지만 만약 오즈가 위대한 마법사가 아니었다면 어떻게 오즈마라는 소녀를 그렇게 완벽하게 숨길 수가 있었겠소? 아무도 찾을 수 없을 정도로 말이오?"

"제, 제가 잘못했어요!"

워글 벌레가 손을 번쩍 들었다.

"이제부터 나는 그 소녀가 숨겨진 곳을 찾기 위해 새로운

노력을 기울여야만 하겠어요."

여왕이 심각한 표정으로 말했다.

"내 도서관에 가면 마법사 오즈가 이 나라에 있을 때 행했던 모든 일들이 낱낱이 기록된 책이 있어요. 적어도 내가 보낸 사람들이 목격한 행동은 모두 적혀 있죠. 오늘밤 나는 그 책을 꼼꼼이 읽어보겠어요. 어쩌면 잃어버린 오즈마를 찾을 수 있는 어떤 단서가 발견될지도 모르는 일이죠. 그동안 여러분들은 나의 궁전에서 편안히 지내시도록 하세요. 그럼 내일 다시 보도록 하겠어요."

우아한 인사말과 더불어 글린다는 허수아비 일행을 방에서 물러나게 했다. 그들은 아름다운 정원 안을 이리저리 돌아다니며 즐거운 시간을 보냈다. 왕궁에는 온갖 재미있고 멋진 구경거리가 가득 차 있었다.

다음날 아침이 되자, 그들은 다시 글린다 앞으로 나갔다. 여왕은 그들에게 말했다.

"마법사의 행적을 적어놓은 기록을 꼼꼼하게 살펴보았어요. 그 결과 나는 의심스러운 세 가지 사실을 발견했죠. 첫번째는 마법사가 칼을 가지고 콩을 까먹었다는 것이고 두번째는 늙은 몸비를 은밀히 세 번이나 찾아간 적이 있다는 것이며 세번째는 왼쪽 발을 살짝 절었다는 사실이에요."

"오! 마지막 사실은 참으로 의심스럽군요!"

호박머리가 큰소리로 말했다.

"꼭 그런 것은 아니야. 티눈이 났을 수도 있잖아. 나에게는 칼로 콩을 까먹었다는 점이 가장 수상쩍은 걸."

허수아비가 말했다.

"어쩌면 그게 오마하 지방의 풍속인지도 몰라. 마법사는 원래 그 나라에서 왔잖아."

양철 나무꾼이 반대 의견을 내놓았다.

"그런데 왜 늙은 몸비를 세 번이나 은밀히 찾아갔을까?"

글린다가 의문을 제기했다.

"우리는 오즈 마법사가 이 늙은 여자에게 여러 가지 마법을 가르쳤다는 사실을 알고 있어요."

글린다가 말을 이었다.

"만약 몸비가 그를 위해 뭔가를 해주지 않았다면 마법사가 그런 일을 했을 리가 없어요. 그러므로 우리는 여러 가지 이유에서 몸비가 오즈마라는 소녀를 숨길 수 있도록 마법사를 도와주었다고 의심하게 되었어요. 오즈마는 에메랄드 시의 왕위를 물려받을 진정한 상속자예요. 만약 백성들이 오즈마가 살아 있다는 사실을 알게 된다면, 당장 그녀를 여왕으로 삼아서 정당한 권리를 되찾아주려고 할 거예요."

"훌륭한 말씀이십니다!"

허수아비가 감탄했다.

"틀림없이 몸비가 이 사악한 일에 관련되어 있을 것입니다. 하지만 그런 사실을 알았다고 해도 무슨 소용이 있겠습니까?"

"우리는 몸비를 찾아야만 해요. 그리고 어떻게든 소녀가 숨겨져 있는 곳을 말하도록 해야만 해요."

글린다가 대답했다.

"몸비 할머니는 지금 진저 여왕과 함께 에메랄드 시에 있습니다. 우리가 가는 길에 수많은 장애물을 만들어 놓은 것도 바로 몸비 할머니였어요. 진저로 하여금 우리 친구들을 없애버리도록 한 것도 할머니의 소행입니다. 저를 다시 늙은 마녀의 손 안에 넣으려는 것이지요."

팁이 말했다.

"그렇다면 나는 군대를 이끌고 에메랄드 시로 가겠어요."

글린다가 결정을 내렸다.

"몸비를 붙잡아서 오즈마에 대한 진실을 털어놓도록 만들겠어요."

"몸비는 아주 무시무시한 할머니입니다!"

검은 솥단지를 떠올리며 팁은 부들부들 몸을 떨었다.

"게다가 아주 고집이 세지요."

"나 또한 아주 고집이 세단다."

글린다가 다정한 미소를 지으며 말했다.

"몸비 따위는 조금도 무섭지 않아. 오늘 나는 모든 필요한 준비를 마치겠어요. 내일 날이 밝아오는 대로 에메랄드 시를 향해 진격하도록 합시다."

21

장미꽃을 꺾은 양철 나무꾼

다음날 새벽이 되자, 궁전
문 앞에 집결한 글린다의 군대는 아주 장
엄하고 화려한 모습이었다. 소녀 병사들
의 군복은 예쁘고 알록달록한 색깔이었
다. 은으로 만든 창끝은 햇빛을 받아 번
쩍번쩍 빛나고 있었고 창 손잡이에는 진
주가 박혀 있었다. 장교들은 모두 날카롭
고 빛나는 칼을 차고 있었으며 공작 깃털

로 가장자리를 장식한 방패를 들고 있었다. 어떤 적도 이토록 눈부시게 빛나는 군대를 이길 수는 없을 것 같았다.

여왕은 아름다운 가마를 타고 있었다. 그것은 창문과 문 대신에 비단 커튼이 드리워진 마차와 비슷했다. 다만 가마 밑에는 바퀴 대신 길고 평평한 막대기가 달려 있어서 열두 명의 하인들이 이 막대기를 어깨에 메고 운반했다.

허수아비와 친구들은 검프를 타고 가기로 했다. 빠르게 행진하는 군대와 보조를 맞추기 위해서였다. 글린다와 병사들이 왕실 음악대의 힘찬 음악 소리에 맞추어 행진을 시작하자, 우리의 친구들은 소파 위에 올라가 그 뒤를 따라갔다. 검프는 여왕이 타고 있는 가마 바로 위에서 천천히 날개를 흔들며 날아갔다.

군대는 계속해서 앞으로 나갔다. 에메랄드 시의 성벽 앞에 도착하기도 전에 밤이 찾아왔다. 희미한 달빛 속에서 글린다의 군대는 조용히 성을 포위했다. 그리고 초록색 들판 위에 붉은색 비단으로 만든 천막을 세웠다. 여왕의 천막은 훨씬 더 컸으며, 눈처럼 하얀색 천으로 만들어져 있었고 꼭대기에는 붉은색 깃발이 휘날리고 있었다.

허수아비 일행을 위해서도 천막이 세워졌다. 야영을 할 준비를 마치자, 군대는 휴식에 들어갔다.

다음날 아침이 되자, 에메랄드 시의 진저 여왕은 기절할 듯이 놀랐다. 병사들이 달려와 엄청난 군사들이 성을 둘러쌌다는 보고를 올린 것이다. 여왕은 당장 왕궁의 가장 높은 탑으로 올라가 온 사방에서 휘날리는 깃발을 보았다. 그리고 성문 바로 앞에 글린다의 하얀 천막이 세워져 있는 것을 발견했다.

"이제 우리는 망했구나!"

진저가 절망에 휩싸여 소리쳤다.

"뜨게질 바늘을 가지고 어떻게 긴 창과 날카로운 칼을 가진 적들을 물리칠 수 있겠어?"

"제일 좋은 방법은 재빨리 항복하는 것입니다."

소녀들 중에 한 명이 말했다.

"그럴 수는 없다."

진저가 용감하게 대답했다.

"적은 아직도 성문 밖에 있다. 그러므로 협상을 하면서 시간을 끌어야만 한다. 평화의 깃발을 가지고 글린다에게 가라. 그리고 왜 나의 영토를 침입하려고 하는 것인지, 요구 사항이 무엇인지 물어보거라."

소녀는 자신이 평화의 사절임을 보여주는 하얀 깃발을 들고 성문 밖으로 나갔다. 그리고 글린다의 천막을 찾아갔다.

"그대의 여왕에게 말하시오. 나에게 늙은 몸비를 당장 넘겨줘야만 한다고 말이오. 그렇게 해준다면 나는 더 이상 그녀를 괴롭히지 않을 것이오."

이 말을 들은 진저 여왕은 더욱더 깊은 절망감에 빠졌다. 몸비는 그녀의 수석 보좌관이었다. 그뿐만 아니라 진저는 내심 이 늙은 노파를 몹시 두려워했던 것이다. 진저 여왕은

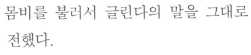

몸비를 불러서 글린다의 말을 그대로
전했다.

"나는 우리 앞에 닥쳐올 위험을 이미
알고 있었습니다."

늙은 마녀는 이렇게 중얼거리며 호주
머니에서 마법의 거울을 꺼냈다.

"아직 남쪽 나라 마녀를 속이고 달아날
방법이 있습니다. 아무리 그녀가 똑똑하
다고 해도 말입니다."

"차라리 글린다의 손에 그대를 넘기는 편
이 훨씬 더 안전하다고 생각하지 않느냐?"

진저 여왕이 초조하게 물었다.

"만약 그렇게 하신다면, 에메랄드 시
의 왕위를 내놓으셔야 할 것입니다."

마녀가 대답했다.

"하지만 만약 제 방법대로 따라주
신다면, 우리는 아주 간단하게 이
곤경에서 벗어날 수가 있습니다."

"그렇다면 네 뜻대로 하여라.
여왕이 된다는 것은 너무나
귀족적이고 고상한 일이어
서 나는 더 이상 집으로 돌
아가 어머니를 위해 빨래나

하고 설거지나 하면서 지내고 싶지는 않다."

몸비는 젤리아 잼을 불러들였다. 그리고 자신이 잘 알고 있는 마술을 행하였다. 마법의 결과, 젤리아는 몸비와 똑같은 모습을 하게 되었다. 한편 늙은 몸비는 젤리아와 아주 비슷한 모습으로 바뀌었다.

"이제 병사들을 시켜 이 소녀를 글린다에게 데리고 가도록 하십시오."

늙은 몸비가 여왕에게 말했다.

"여왕은 진짜 몸비를 잡았다고 생각할 것입니다. 그리고 당장 남쪽 나라로 돌아갈 것입니다."

젤리아는 늙은 노인처럼 비틀거리며 성문을 지나 글린다의 앞으로 나갔다.

"여기 몸비를 데려왔습니다. 저희 여왕 폐하께서는 약속하신대로 평화롭게 즉시 이곳을 떠나주시기를 원합니다."

병사들 중에 한 사람이 말했다.

"물론 그렇게 할 것입니다."

글린다는 기꺼이 대답했다.

"만약 이 사람이 진짜 몸비라면 말입니다."

"이 자는 틀림없이 늙은 몸비입니다."

병사는 자신이 진실을 말하고 있다고 굳게 믿었다. 진저의 병사들은 다시 성문 안으로 들어갔다.

여왕은 서둘러 허수아비와 친구들을 여왕의 천막 안으로 불러들였다. 그리고 가짜 몸비에게 사라진 오즈마에 대해

질문을 던지기 시작했다. 하지만 젤리아는 이 일에 대해 아무것도 아는 바가 없었다. 계속되는 질문에 초조해진 젤리아는 마침내 울음을 터뜨리고 말았다. 글린다는 깜짝 놀라지 않을 수 없었다.

"뭔가 속임수가 있군!"

여왕의 두 눈은 노여움으로 활활 타올랐다.

"이 자는 몸비가 아니야. 몸비와 비슷하게 만들어진 다른 사람이 틀림없다!"

여왕은 떨고 있는 소녀를 향해 날카롭게 소리쳤다.

"네 이름이 뭐냐? 어서 말하라!"

젤리아는 아무 말도 할 수가 없었다. 혹시라도 진실을 말하면 죽여 버리겠다고 마녀가 협박했기 때문이었다. 하지만 아름답고 마음씨 착한 글린다는 오즈의 나라에 살고 있는 어느 누구보다도 마법에 대해서 잘 알고 있었다. 그러므

로 몇 마디 주문을 외고 몇 가지 동작을 하자, 소녀는 곧 원래의 모습으로 돌아왔다. 바로 그 순간에 진저의 궁전에 있는 몸비도 꼬부라지고 쭈글쭈글한 모습으로 변했다.

"젤리아 잼이구나!"

허수아비는 당장 소녀를 알아보았다.

"우리의 통역자군요!"

호박머리 잭도 즐거운 미소를 지으며 말했다.

이제 젤리아는 몸비가 행한 속임수를 털어놓지 않을 수 없었다. 그리고 글린다에게 자신을 지켜달라고 애원했다. 여왕은 기꺼이 소녀의 청을 받아들였다. 이제 정말로 화가 난 여왕은 진저에게 모든 속임수가 드러났다는 사실을 알

리고 진짜 몸비를 내놓든지 그렇지 않으면 끔찍한 보복을 당해야만 할 것이라고 전했다.

진저는 이미 이런 전갈이 올 것을 예상하고 있었다. 몸비가 본래 모습을 되찾는 순간, 글린다가 모든 속임수를 알아차렸다는 사실을 깨달았기 때문이었다. 사악한 노파는 또다시 새로운 속임수를 준비하고 있었다. 그리고 진저에게 마법을 행하겠다고 약속했다. 그러므로 진저 여왕은 글린다의 사신에게 자신있게 말했다.

"너희 여왕에게 가서 몸비를 도저히 찾을 수 없다고 말하라. 그러므로 글린다가 직접 성 안으로 들어와서 그 노파를 찾는다면 기쁘게 맞아들이겠다고 전하라. 원한다면 친구들을 데리고 들어와도 좋다. 하지만 해가 질 때까지 몸비를 찾지 못한다면 순순히 이곳을 떠나고 더 이상 우리를 괴롭히지 않겠다고 약속을 해야만 한다."

글린다는 이 조건에 동의했다. 몸비가 도시 안의 어딘가에 숨어 있다는 것을 잘 알고 있었기 때문이었다. 진저 여왕은 성문을 활짝 열라고 명령했다. 글린다는 병사를 이끌고 앞장서서 들어갔다. 허수아비와 양철 나무꾼이 그 뒤를 따라갔다. 한편 호박머리 잭은 목마를 타고 갔으며 대단히 위대하고 교육을 받은 워글 벌레는 제일 뒤에서 잔뜩 거드름을 피우며 걸어 들어갔다. 팁은 앞에서 여왕과 나란히 걸어갔다. 글린다가 특별히 팁을 좋아했기 때문이었다.

물론 늙은 몸비는 절대로 글린다의 눈에 띄지 않을 생각이었다. 그러므로 병사들이 거리를 행진해서 들어오는 동안, 붉은 장미로 모습을 바꾸었다. 그리고 궁전 정원의 덤불 사이에 숨어 있었다. 그것은 참으로 똑똑한 생각이었다. 지혜로운 글린다조차도 그 사실을 알아차리지 못했다. 결국 귀중한 몇 시간이 헛되이 지나가고 몸비는 끝내 발견되지 않았다.

서서히 해가 저물기 시작하자, 글린다는 자신이 교활한 늙은 마녀의 속임수에 걸려들었다는 사실을 인정하지 않을 수가 없었다. 그러므로 병사들에게 천막으로 돌아가라고 명령을 내렸다.

바로 그때 허수아비와 친구들은 궁전 정원을 수색하고 있었다. 하지만 글린다의 명령에 따라 마지 못해 발길을 돌려야만 했다. 정원을 막 떠나려고 할 때, 유난히 꽃을 좋아하는 양철 나무꾼이 우연히 덤불 사이에 커다란 붉은 장미가 한송이 피어 있는 것을 발견했다. 나무꾼은 꽃을 꺾어 양철 가슴에 달린 양철 단추 사이에 끼웠다.

나무꾼은 장미를 꺾는 순간, 마치 장미가 나지막히 신음 소리를 내는 것처럼 느꼈다. 하지만 그다지 신경을 쓰지 않았다. 이렇게 해서 몸비는 성 밖으로 나와 글린다의 천막으로 들어가게 되었다. 하지만 어느 누구도 몸비를 이미 찾아 냈다는 사실을 상상조차 하지 못하고 있었다.

22

몸비의 놀라운 변신

처음에 마녀는 적의 손에 붙잡힌 것을 알고 깜짝 놀랐다. 하지만 곧 덤불 속에 숨어 있는 것이나 양철 나무꾼의 단춧구멍 사이에 끼워져 있으나 안전하기는 마찬가지라고 생각했다. 아무도 그 장미가 바로 몸비라는 사실을 알지 못했기 때문이었다. 게다가 성문 밖으로 무사히 빠져나왔으니 글린다로부터 도망칠 기회도 더 많아진 셈이었다.

'서두를 필요가 없지.'

몸비는 생각했다.

'나의 꾀에 넘어간 글린다가 낙심하고 실망하는 모습이나 구경하면서 천천히 즐겨야겠다.'

그러므로 장미는 나무꾼의 가슴 위에서 편안히 밤을 보냈다. 다음날 아침이 되자, 글린다는 친구들을 천막으로 불러 회의를 열었다. 양철 나무꾼은 아름다운 장미꽃을 자랑스럽게 가슴에 꽂고 갔다.

"어떤 이유에서인지 교활한 늙은 몸비를 찾을 수가 없었어요."

글린다가 말했다.

"아마도 우리의 원정은 실패로 돌아갈 것 같군요. 그것은 무척 유감스러운 일이에요. 우리가 도와주지 않으면, 어린 오즈마는 절대로 자신의 정당한 권리를 되찾아 에메랄드 시의 여왕 자리에 오르지 못할 테니까 말이죠."

"그렇게 쉽게 포기하지 마세요."

호박머리 잭이 말했다.

"뭔가 다른 방법이 있을 거예요."

"물론 다른 방법을 찾아야만 해요."

글린다가 다정한 미소를 지으며 대답했다.

"하지만 나는 도무지 이해할 수가 없군요. 나보다 훨씬 더 마법에 대해서 아는 것이 없는 그 늙은 마녀에게 이렇게 쉽게 당하다니 말이죠."

"내 생각에는 오즈마 공주를 위해 먼저 에메랄드 시를 정복하는 것이 현명할 것 같습니다."

허수아비가 말했다.

"공주를 찾는 동안 제가 기꺼이 공주를 대신해서 나라를 다스리고 있겠습니다. 나라를 다스리는 일에 대해서는 진저보다는 제가 훨씬 잘 알고 있으니까요."

"하지만 나는 진저를 괴롭히지 않겠다고 약속했어요."

글린다가 반대했다.

"여러분 모두가 저의 왕국, 아니 제국으로 가면 어떨까요?"

양철 나무꾼이 그 자리에 모인 사람들을 모두 두 팔로 감싸안듯이 하면서 말했다.

"나의 성으로 여러분을 초대할 수 있다면 나에게는 커다란 기쁨이 될 겁니다. 성에는 빈 방도 많이 있습니다. 혹시라도 니켈 옷을 입고 싶으시다면, 나의 시종들이 돈은 한푼도 받지 않고 무료로 해드릴 것입니다."

나무꾼이 이야기를 하고 있는 동안, 글린다의 눈길이 그의 가슴에 꽂힌 장미꽃에 머물렀다. 그 순간 왠지 장미꽃의 커다란 붉은 꽃잎이 살짝 떨리는 듯한 착각이 들었다. 글린다는 불현듯 의심이 들었다. 그리고 장미는 다름 아닌 늙은 몸비가 변신한 것이라고 결론을 내렸다.

그와 동시에 몸비 또한 자신의 변장술이 발각되었다는 것을 알아차렸다. 그리고 재빨리 달아날 계획을 세웠다. 몸비는 즉시 그림자로 모습을 바꾸고 천막의 벽을 따라 슬금슬금 입구를 향해 걸어가기 시작했다. 아무도 모르게 살짝 빠져나갈 생각이었다.

하지만 글린다는 몸비보다 훨씬 더 똑똑할 뿐만 아니라 경험도 많았다. 글린다는 그림자보다도 빨리 천막 입구로 달려갔다. 그리고 입구를 단단히 막아버렸다. 몸비는 기어나갈 작은 틈새조차 찾을 수가 없었다.

허수아비와 그의 친구들은 갑작스런 글린다의 행동에 깜짝 놀랐다. 아무도 그림자로 변신한 몸비를 알아차리지 못하고 있었던 것이다. 마침내 글린다가 말했다.

"모두들 꼼짝도 하지 말고 가만히 앉아 있어요! 늙은 마녀가 지금 이 텐트 안에 있어요. 어쩌면 마녀를 잡을 수 있을지도 몰라요."

이 말을 들은 몸비는 또다시 그림자에서 작은 개미로 모습을 바꾸었다. 그리고 땅 위를 기어다니며 자신의 작은 몸을 감출 수 있는 구멍이나 틈새를 열심히 찾았다.

다행히도 천막이 세워져 있는 곳은 성문 바로 앞이었다. 그러므로 바닥은 단단하고 매끄럽게 다져져 있었다. 개미가 어쩔 줄 모르고 바닥을 기어다니는 동안, 글린다는 개미를 발견하고 재빨리 달려와 손을 뻗었다. 하지만 궁지에 몰린 몸비는 글린다의 손이 닿기도 전에 최후의 발악으로 또다시 모습을 바꾸었다. 이번에는 거대한 글리핀(역주 : 독수리의 머리·박쥐의 날개에 사자의 몸통을 가진 신화 속의 짐승)으로 변신한 몸비는 천막을 향해 훌쩍 몸을 날렸다. 그리고 날카로운 발톱으로 비단 천막을 찢어버렸다. 순식간에 몸비는 번개처럼 몸을 날리며 밖으로 달아났다.

글린다는 조금도 망설이지 않고 그 뒤를 따라갔다. 목마의 등 위로 뛰어오른 글린다는 큰소리로 외쳤다.

"자, 그대가 살아서 움직일 만한 가치가 있다는 것을 증명할 기회가 왔다! 달려라! 달려!"

목마는 있는 힘을 다해 쏜살같이 글리핀의 뒤를 따라갔다. 목마의 나무 다리는 너무나 빨리 움직여서 눈에 보이지도 않을 정도였다. 다른 친구들이 미처 정신을 차리기도 전에, 글리핀과 목마는 눈앞에서 사라져 버렸다.

"어서 뒤를 따라가자!"

허수아비가 소리쳤다. 그들은 검프가 놓여 있는 곳으로 달려갔다.

"어서 날아가!"

팁이 황급히 명령을 내렸다.

"어디로 가죠?"

검프는 태평스럽게 물었다.

"나도 모르겠어."

팁이 초조하게 말했다.

"일단 하늘 위로 올라가도록 해. 그럼 글린다가 어디로 갔는지 볼 수 있을 거야."

"알았어요."

검프는 침착하게 대답했다. 그리고 커다란 날개를 활짝 펴고 하늘 높이 날아올랐다.

저 멀리 들판 너머로 두 개의 작은 점이 눈에 띄었다. 두 점은 치열하게 쫓고 쫓기고 있었다. 허수아비 일행은 아마도 저 점이 글리핀과 목마일 것이라고 생각했다. 팁은 검프에게 그곳을 가리키며 몸비와 글린다를 따라잡으라고 명령했다. 하지만 검프가 아무리 빨리 날아가도 죽을 힘을 다해 도망치는 몸비를 따라잡을 수는 없었다. 잠시 후에 그들은 희미한 지평선 너머로 완전히 모습을 감추고 말았다.

"그래도 계속해서 따라가자."

허수아비가 말했다.

"오즈의 나라는 그다지 넓지 않아. 얼마 지나지 않아 더 이상 달아날 곳도 없게 될 거야."

한편 늙은 몸비는 글리핀으로 모습을 바꾸기를 정말 잘했다고 생각했다. 글리핀의 다리는 다른 어떤 동물들보다도 훨씬 더 튼튼하고 빨랐기 때문이었다. 하지만 그것은 도무지 지칠 줄 모르는 목마의 힘을 몰랐을 때 이야기였다. 목마는 한순간도 쉬지 않고 몇날 며칠을 계속 달릴 수가 있었던 것이다.

몇 시간 정도 달리고 나자, 글리핀은 숨이 차서 고통스럽게 헐떡거렸다. 달리던 속도도 눈에 띄게 느려졌다. 마침내 그들은 사막의 가장자리에 도착했다. 글리핀은 발이 푹푹 빠지는 모래 위를 달리기 시작했다. 하지만 지친 다리로 사막을 건너기란 너무 힘들었다. 얼마 되지 않아서 완전히 기운이 빠진 글리핀은 모래 위에 쓰러져서 꼼짝도 하지 못했다.

잠시 후에 글린다를 태운 목마가 도착했다. 목마는 여전히 씩씩하고 기운이 넘쳤다. 글린다는 허리띠에서 가느다란 금빛 실 한 가닥을 뽑았다. 그리고 숨을 헐떡이며 힘없이 쓰러져 있는 글리핀의 머리 위에 던졌다. 그러자 순식간에 몸비의 마법이 풀렸다.

글리핀이 부르르 몸을 떨더니 눈앞에서 사라져 버리고 그 자리에 늙은 마녀의 모습이 나타났다. 마녀는 엄한 표정을 짓고 있는 글린다의 아름다운 얼굴을 무서운 눈길로 노려보고 있었다.

23
오즈의 오즈마 공주

"이제 그대는 나의 포로가 되었다. 더 이상 반항을 해도 아무런 소용이 없을 것이다."

글린다가 부드럽고 상냥한 목소리로 말했다.

"잠시 그 자리에 가만히 누워 있거라. 내가 그대를 나의 천막으로 데려가겠노라."

"도대체 왜 나를 찾는 거요?"

몸비는 여전히 숨이 차서 말을 제대로 잇지 못했다.

"휴, 내가 당신에게 무슨 짓을 했다고 이렇게 쫓아오는 거요?"

"그대는 나에게 아무 짓도 하지 않았소."

글린다가 점잖게 대답했다.

"하지만 그대는 몇 가지 나쁜 짓을 저질렀다고 의심이 되오. 만약 그대가 마법을 멋대로 사용한 것이 사실이라고 밝혀진다면, 나는 그대에게 혹독한 벌을 줄 생각이오."

"네가 감히 나에게 손을 대다니! 그럴 수는 없을걸!"

늙은 노파는 사납게 소리를 질렀다.

바로 그때 검프가 그들의 머리 위로 날아와 글린다가 서 있는 모래 위에 살짝 내려앉았다. 우리의 친구들은 마침내 몸비가 붙잡힌 것을 보고 몹시 기뻐했다. 그리고 다 함께 의논을 한 결과, 검프를 타고 다시 캠프로 돌아가기로 했다.

목마는 재빨리 소파 위로 뛰어올랐다. 글린다는 몸비의 목에 맨 황금 실을 끌어당겨서 몸비를 소파에 태웠다. 한 사람도 빠짐없이 올라탄 것을 확인한 팁은 검프에게 돌아가자는 명령을 내렸다.

여행은 순조로웠다. 몸비는 뾰로통한 얼굴로 자기 자리에 조용히 앉아 있었다. 이 늙은 노파는 마법의 올가미가 목을 죄고 있는 한, 꼼짝도 할 수가 없었던 것이다. 글린다의 병사들은 여왕이 무사히 돌아온 것을 보고 큰소리로 만세를 불렀다. 허수아비와 친구들은 깨끗이 몸을 씻고 다시 여왕의 천막에 모였다.

여왕이 몸비를 심문하기 시작했다.

"위대한 마법사 오즈가 왜 너를 세 번이나 방문했는지 그 이유를 우리에게 말해라. 그리고 감쪽같이 사라진 오즈마라는 어린 아이는 어떻게 되었는지 말하거라."

마녀는 글린다를 똑바로 노려보기만 할 뿐, 한 마디도 하지 않았다.

"어서 대답하라!"

화가 난 글린다가 큰소리로 재촉했다. 하지만 몸비는 여전히 입을 꾹 다물고 있었다.

"혹시 모르는 것이 아닐까요?"

호박머리 잭이 한 마디 했다.

"제발 너는 입 다물고 가만히 있어. 너는 항상 멍청한 행동으로 모든 일을 망쳐 버리잖아."

팁이 부탁했다.

"알겠어요, 아버지!"

호박머리 잭이 순순히 대답했다.

"내가 워글 벌레인 것이 얼마나 다행인지 모르겠군!"

대단히 위대한 벌레가 나지막이 중얼거렸다.

"호박머리에서 어떻게 똑똑한 생각이 나오기를 기대할 수 있겠어?"

"자, 어떻게 하면 몸비가 말을 하게 만들 수 있을까요?"

허수아비가 화제를 돌렸다.

"몸비가 끝까지 입을 열지 않으면, 힘들게 붙잡은 것이 아무런 소용도 없게 되는데 말이죠."

"친절하게 부탁해 보면 어떨까?"

양철 나무꾼이 의견을 내놓았다.

"친절한 마음씨를 이길 수 있는 사람은 없다고 하던데……. 아무리 못되고 나쁜 사람이라도 말이야."

이 말을 들은 몸비는 얼굴을 홱 돌리더니 나무꾼을 무섭게 노려보았다. 나무꾼은 찔끔하면서 뒤로 물러섰다.

글린다는 한동안 곰곰이 생각에 잠겨 있었다. 그리고 마침내 몸비를 향해 입을 열었다.

"우리와 맞선다고 해도 네가 얻을 수 있는 것은 아무것도 없다. 나는 반드시 오즈마에 대한 진실을 알아내고 말 것이다. 만약 그대가 나에게 알고 있는 사실을 모두 털어놓지 않으면, 나는 그대를 사형에 처할 것이다."

"아니, 안돼요! 그러지 말아요!"

양철 나무꾼이 안타깝게 부르짖었다.

"누군가를 죽인다는 것은 너무 끔찍한 일이에요. 늙은 몸비라도 죽일 수는 없어요!"

"이건 단지 위협일 뿐이에요."

글린다가 나무꾼을 진정시켰다.

"물론 나는 몸비를 죽이지 않을 거예요. 왜냐하면 몸비는 나에게 진실을 털어놓을 테니까요."

"오, 그렇군요."

양철 나무꾼이 마음이 놓인다는 듯이 고개를 끄덕였다.

"만약에 내가 당신이 알고 싶어하는 것을 모두 이야기해

준다면, 당신은 나를 어떻게 할 거요?"

굳게 입을 다물고 있던 몸비가 갑자기 말을 하자, 모두들 깜짝 놀랐다.

"그렇게 되면, 나는 그대에게 강력한 마법의 약을 마시게 할 거예요. 그 약을 마시면 그대는 지금까지 알고 있던 모든 마법을 다 잊어버리게 될 겁니다."

"그럼 난 아무 힘없는 늙은이가 되겠군!"

"그래도 목숨을 잃는 것은 아니잖아요."

호박머리 잭이 몸비를 위로했다.

"제발 좀 조용히 해!"

팁이 버럭 화를 냈다.

"노력하고 있어요."

잭이 작은 목소리로 변명했다.

"하지만 살아 있다는 것은 분명히 좋은 일이잖아요."

"특히 완전한 교육을 받았을 경우에는 더욱 그렇지."

워글 벌레가 고개를 끄덕이며 한 마디 덧붙였다.

글린다가 늙은 몸비에게 말했다.

"그대가 선택을 하도록 해라. 아무 말도 하지 않고 죽음을 맞이하든지, 아니면 진실을 말하고 마법의 힘만 잃어버리든지. 죽기보다는 진실을 말하는 편이 나을텐데."

몸비는 불안한 눈초리로 글린다의 얼굴을 힐끗 바라보았다. 그리고 글린다의 말이 괜한 협박이 아니라 진심이라는 것을 깨달았다. 몸비는 마지 못해 천천히 입을 열었다.

"당신의 질문에 대답하겠소."

"그럴 줄 알았지."

글린다가 만족스러운 미소를 지었다.

글린다가 옆에 서 있던 대장들 중의 한 사람에게 손짓을 하자, 아름다운 황금 상자를 글린다의 앞으로 가지고 왔다. 글린다는 상자 안에서 커다란 하얀 진주를 꺼내어 목에 걸고 있는 가느다란 줄에 끼웠다. 하얀 진주는 바로 글린다의 심장이 있는 가슴 위에 놓았다.

"이제 첫번째 질문을 하겠노라."

글린다가 엄숙하게 물었다.

"마법사 오즈가 왜 그대를 세 번 방문했는가?"

"내가 오라고 한 적은 없소."

몸비가 대답했다.

"그건 대답이 아니오. 진실을 말하시오."

글린다가 엄한 목소리로 다시 물었다.

몸비는 슬며시 눈을 내리깔았다.

"그러니까…… 오즈가 나를 찾아온 것은 홍차 비스킷 만드는 법을 배우기 위해서였소."

"고개를 들어라!"

여왕이 날카로운 목소리로 명령을 내렸다. 몸비가 마지못해 고개를 들었다.

"내 진주의 색깔이 어떻게 변했는가?"

글린다가 물었다.

"이런, 검은색이 되었군!"

늙은 마녀는 놀라움을 금치 못했다.

"네가 거짓말을 했다는 증거다! 오직 진실을 말할 때만, 이 마법의 진주는 하얀색을 띠게 된다."

글린다가 큰소리로 화를 냈다.

마침내 몸비는 아무리 글린다를 속이려고 해도 소용이 없다는 사실을 깨달았다. 그러므로 완전히 풀이 죽어서 순순히 대답을 하기 시작했다.

"마법사는 나에게 오즈마라는 소녀를 데리고 왔소. 그때 그 아이는 갓난 아기였지. 마법사는 그 아이를 숨겨달라고 부탁했소."

"내가 생각했던 대로군."

글린다가 고개를 끄덕였다.

"오즈를 도와주는 대가로 너는 무엇을 받았느냐?"

"오즈는 자신이 알고 있는 마법을 다 가르쳐 주었소. 어떤 마법은 꽤 쓸만했고 어떤 것은 완전히 엉터리였지. 하지만 나는 오즈와의 약속을 끝까지 지켰소."

"그 아이를 어떻게 했느냐?"

글린다가 물었다. 이 질문이 떨어지자, 모두들 잔뜩 긴장하며 초조하게 대답을 기다렸다.

"마법을 걸었소."

몸비가 대답했다.

"어떤 마법이었지?"

"나는 그 아이를 바꾸었소. 그러니까 그 아이를……."

"어떻게 했다는 것이오?"

몸비가 망설이며 말을 잇지 못하자, 글린다가 재촉했다.

"소년으로 바꾸었소."

몸비가 무거운 목소리로 말했다.

"소년이라고!"

그 순간 천막 안에는 탄성이 가득했다. 그리고 모든 사람들의 눈길이 일제히 옆에 서 있는 팁을 향했다. 왜냐하면 늙은 몸비가 어린 시절부터 팁을 키워왔다는 사실을 잘 알고 있었기 때문이었다.

"그렇소."

늙은 몸비는 고개를 끄덕였다.

"그 아이가 바로 오즈마 공주였소. 공주의 아버지로부터 왕위를 빼앗은 마법사가 공주를 나에게 데려왔던 거요. 그 아이야말로 에메랄드 시의 진정한 왕위 계승자이지!"

몸비는 길고 앙상한 손가락을 들어 곧장 팁을 가리켰다.

"나라구요?"

팁은 너무 놀라 입을 딱 벌렸다.

"난 오즈마 공주가 아니에요. 난 여자가 아니라구요!"

글린다는 상냥한 미소를 지으며 팁에게 다가가 눈처럼 하얗고 부드러운 손으로 소년의 작고 거친 손을 잡았다.

"물론 지금 너는 여자 아이가 아니란다."

글린다가 다정하게 말했다.

"몸비가 너를 소년으로 바꾸어 놓았으니까 말이야. 하지만 너는 원래 여자 아이로 태어났단다. 그리고 공주였어. 이제 너는 본래의 모습을 되찾아야만 한다. 그리고 에메랄드 시의 여왕이 되어야만 해."

"싫어요! 진저에게 여왕이 되라고 하세요!"

팁은 당장이라도 울음을 터뜨릴 것 같았다.

"나는 이대로 남자 아이로 지내고 싶어요. 허수아비와 양철 나무꾼과 워글 벌레와 잭과 함께 여행을 다니고 싶단 말예요! 그래요! 내 친구 목마와 검프랑요! 나는 여자 아이가 되고 싶지 않아요!"

"그런 건 신경쓰지 않아도 된단다."

양철 나무꾼이 팁을 위로하려고 애를 썼다.

"여자 아이가 되는 것이 아프지는 않을 거야. 그리고 네가 여자 아이가 되어도 우리는 변함없이 너의 진실한 친구가 될 거야. 게다가 솔직히 말하자면, 나는 항상 남자 아이들보다는 여자 아이들이 더 예쁘다고 생각했어."

"그럼, 여자 아이들이 예쁘지."

허수아비가 팁의 머리를 다정하게 쓰다듬어 주었다.

"여자 아이들은 또한 훌륭한 학생입니다."

워글 벌레가 재빨리 끼어들었다.

"당신이 다시 소녀가 된다면, 나는 당신의 개인 교사가 되고 싶군요."

"하지만…… 잠깐만요!"

호박머리 잭이 당황스러운 듯이 큰소리로 외쳤다.

"아버지가 여자 아이가 되면, 더 이상 나의 다정한 아버지가 될 수 없잖아요!"

이 말을 들은 팁은 심각한 상황에서도 웃고 말았다.

"그나마 너와의 관계에서 벗어날 수 있어서 다행이야."

팁은 한동안 망설이다가 글린다를 향해 호소했다.

"그렇다면 여자 아이가 되는 게 어떤 것인지 한번 알아보기나 하겠어요. 아주 잠깐 동안만 말이죠. 하지만 만약 여자 아이가 되는 것이 마음에 들지 않는다면, 다시 소년으로 바꾸어 주겠다고 약속해 주세요."

"그건 나의 마법으로 할 수 없는 일이야."

글린다가 말했다.

"나는 변신술을 쓰지 않는단다. 왜냐하면 정직하지 못한 일이니까. 존경할 만한 마법사들은 절대로 실제 모습과 다른 모습을 만들지 않는단다. 오직 사악한 마녀들만이 그런 마법을 사용하지. 그러니까 나도 몸비에게 너의 마법을 풀고 원래의 모습을 되찾게 해달라고 부탁해야만 해. 그리고 몸비가 마법을 행하는 것은 이번이 마지막이 될 거야."

오즈마 공주에 대한 진실이 밝혀진 마당에 몸비는 팁이 어떻게 되든 조금도 관심이 없었다. 다만 글린다의 분노가 두려울 뿐이었다. 한편 팁은 너그러운 마음으로 자신이 에메랄드 시의 여왕이 된다면 늙은 몸비를 돌보아 주겠다고 약속했다. 마침내 마녀는 팁의 모습을 바꾸어 주겠다고 말했다. 그리고 당장 마법을 풀기 위한 준비를 시작했다.

글린다는 천막 한가운데로 자신의 침대를 가져오도록 명령했다. 침대 위에는 장미빛 비단천이 씌워진 방석이 높이 쌓여 있었다. 침대에는 황금 천장이 달려 있었고 분홍색 얇은 망사 커튼이 천장에서부터 바닥까지 길게 드리워져 있었다. 그러므로 침대 안은 전혀 들여다보이지 않았다.

몸비는 제일 먼저 팁에게 이상한 액체를 마시게 했다. 그것을 마신 팁은 곧 깊은 잠에 빠져버렸다. 그러자 양철 나무꾼과 워글 벌레는 팁을 조심스럽게 침대로 운반하여 부드러운 방석 위에 내려놓았다. 그리고 아무도 보지 못하도록 사방을 커튼으로 가렸다.

한편 마녀는 땅 위에 쭈그리고 앉더니, 품 안에서 마른 풀을 꺼내어 불을 붙였다. 불길이 확 솟으면서 활활 타오르자, 늙은 몸비는 마법의 가루 한 움큼을 모닥불 위에 뿌렸다. 보랏빛 연기가 자욱하게 피어오르면서 천막 안은 온통 매캐한 냄새로 가득 찼다. 목마는 도저히 참지 못하고 큰소리로 재채기를 했다.

한편 다른 친구들은 호기심어린 눈초리로 몸비의 행동을 지켜보았다. 몸비는 아무도 알아들을 수 없는 마법의 주문을 중얼중얼 외더니 모닥불 위로 일곱 번 몸을 숙였다. 마침내 마법을 행하는 의식이 끝난 것 같았다. 몸비는 똑바로 일어서서 커다란 소리로 외쳤다.

"우와!"

연기가 천천히 사라지면서 매캐했던 천막 안의 공기도 다시 맑아졌다. 그리고 어디선가 신선한 한 줄기 바람이 불어왔다. 그 순간 침대를 둘러싸고 있던 분홍색 커튼이 살며시 흔들렸다. 누군가 안에서 움직이고 있는 것 같았다.

글린다는 조심스럽게 침대로 다가가서 살며시 비단 커튼을 열었다. 그리고 침대 위로 몸을 숙이고 손을 뻗어서 어린 소녀를 일으켜 세웠다. 오월의 아침처럼 신선하고 아름다운 소녀였다. 소녀의 눈동자는 두 개의 다이아몬드처럼 반짝거렸고 입술은 장미꽃처럼 붉었다. 소녀의 등뒤로는 붉은 빛이 감도는 금발 머리카락이 탐스럽게 흘러내렸고 이마 위에는 보석이 박힌 가느다란 왕관이 씌워져 있었다. 하늘하늘한 비단천으로 만든 소녀의 옷은 구름처럼 부드럽게 그녀의 몸을 감싸고 있었으며 앙증맞은 두 발에는 폭신한 공단 신발이 신겨져 있었다.

너무나 아름다운 소녀의 모습에 팁의 옛 친구들은 아무 말도 하지 못한 채, 넋을 놓고 멍하니 서 있었다. 한참 후에야 비로소 정신이 들자, 저마다 머리를 끄덕이며 사랑스런 오즈마 공주에 대한 탄성을 터뜨렸다. 오즈마 공주는 만족스런 미소를 지으며 기뻐하고 있는 글린다의 환한 얼굴을 바라보았다. 그리고 천천히 다른 친구들을 돌아보았다. 마침내 공주가 입을 열었다. 옛날과는 달리 너무나 부드럽고 고운 목소리였다.

"여러분들 모두 예전과 똑같이 나를 대해 주었으면 좋겠

어요. 나는 옛날의 팁과 하나도 달라진 것이 없어요. 다
만……다만……."

"다만 달라졌을 뿐이죠!"

호박머리 잭이 큰소리로 말했다. 천막 안에 있던 사람들
은 모두 잭이 지금까지 한 말 중에 가장 똑똑한 말이었다고
생각했다.

24
진정한 부자들

이 놀라운 소식은 진저 여왕의 귀에까지 들어갔다. 마녀 몸비가 어떻게 붙잡혔으며 글린다에게 모든 죄를 고백하게 되었는지, 또 오랫동안 사라졌던 오즈마 공주가 다름 아닌 소년 팁이었다는 소식까지 전해들은 진저 여왕은 비탄과 절망에 빠져 엉엉 울기 시작했다.

"여왕이 되어 궁전 안에서 살던 내가 이제 다시 마루나 닦고 설거지나 하는 신세가 되었구나!"

진저 여왕은 신세 한탄을 늘어놓았다.

"생각만 해도 끔찍해라. 나는 평생 행복하지 못할 거야!"

궁전 부엌에 모여 음식을 먹으며 수다나 떨면서 시간을 보내던 진저의 병사들은 여왕에게 끝까지 싸울 것을 주장했다. 이 바보 같은 충고에 귀가 솔깃해진 진저는 착한 마녀 글린다와 오즈마 공주에게 도전장을 보냈다.

그 결과 전쟁이 선포되고 바로 다음날 글린다는 병사들을 이끌고 에메랄드 시를 향해 진격했다. 숲처럼 빽빽하게 솟은 병사들의 창은 햇살을 받아 번쩍번쩍 빛났다.

에메랄드 성문 앞까지 거침없이 밀고 들어가던 글린다의 병사들은 걸음을 멈추지 않을 수 없었다. 진저가 모든 성문을 굳게 닫아 걸고 꼼짝도 하지 않았기 때문이다. 초록색 대리석으로 지어진 에메랄드 시의 성벽은 아주 높고 튼튼했다. 더 이상 앞으로 나가는 것이 불가능하다는 사실을 깨달은 글린다는 고개를 숙인 채, 깊은 생각에 빠졌다. 바로 그때 워글 벌레가 자신만만한 목소리로 말했다.

"도시를 포위하고 끝까지 버티는 겁니다. 굶어죽을 지경이 되면 항복하겠지요. 그것만이 우리가 도시를 되찾을 수 있는 유일한 방법입니다."

"그렇지 않습니다."

허수아비가 앞으로 나섰다.

"우리에게는 검프가 있습니다. 검프는 아직도 하늘을 날 수가 있어요."

이 말을 들은 글린다 여왕이 고개를 번쩍 들었다. 여왕의 얼굴에는 환한 미소가 피어올랐다.

"그대의 말이 맞아요."

여왕은 손뼉을 쳤다.

"그대는 참으로 똑똑하군요. 당장 검프에게 갑시다!"

그들은 줄지어 서 있는 병사들 앞을 지나 검프가 있는 곳까지 황급히 달려갔다. 검프는 허수아비의 천막 근처에서 쉬고 있었다. 글린다와 오즈마 공주가 제일 먼저 소파 위로 올라갔다. 그리고 허수아비와 친구들이 뒤를 따랐다. 글린다는 호위를 맡을 대장 한 명과 병사 세 명을 더 태웠다.

오즈마 공주의 명령이 떨어지자, 검프는 야자나무 잎으로 만든 날개를 퍼덕이며 하늘로 날아올랐다. 그들은 순식간에 성벽을 넘어섰다. 그리고 한동안 궁전 위를 맴돌았다. 궁전 뜰 안에서 한가롭게 그물 침대에 누워 있는 진저 여왕의 모습이 보였다. 튼튼한 성벽이 자신을 지켜줄 것이라고 굳게 믿은 진저 여왕은 태평스럽게 초록색 표지의 소설책을 읽으며 초록색 초콜릿을 집어먹고 있었다.

오즈마 공주의 명령이 떨어지자 검프는 사뿐히 궁전 뜰에 내려앉았다. 대장과 세 명의 병사가 소리없이 소파에서 뛰어내리더니, 진저가 미처 비명을 지를 틈도 없이 순식간에 붙잡아 버렸다. 그리고 손목에 튼튼한 쇠고랑을 채웠다.

이것으로 전쟁은 간단하게 끝났다. 반란군들은 진저가 포로가 되었다는 사실을 알고 곧 항복했다. 글린다의 병사들은 활짝 열린 성문을 통과하여 도시 한복판으로 씩씩하게 행진해 들어갔다. 군악대들은 흥겨운 음악을 연주했다. 그리고 아름다운 오즈마 공주가 뻔뻔스런 진저 여왕을 몰아내고 왕위를 계승했다는 사실을 널리 선포하였다.

이 소식이 퍼지자, 에메랄드 시의 남자들은 당장 앞치마를 벗어던졌다. 한편 남자들의 요리를 먹는데 잔뜩 싫증이 나 있던 여자들도 환호성을 지르며 진저의 패배를 기뻐했다. 부인들은 서둘러 부엌으로 들어가 피곤에 지친 남자들을 위해 맛있는 음식을 준비했다. 모든 가정이 행복과 조화를 되찾고 즐거워했다.

오즈마 공주는 반란군에게 제일 먼저 도로나 건물에서 빼낸 에메랄드와 여러 보석들을 하나도 빠짐없이 내놓으라고 명령했다. 허영심에 가득 찬 반란군 소녀들이 훔쳐낸 값비싼 보석들이 어찌나 많았던지, 왕실의 보석공들이 모두 동원되어 밤낮없이 일을 해도, 보석들을 제자리에 끼워박는 데 한 달이 넘게 걸렸다.

한편 뿔뿔이 흩어진 반란군 소녀들은 제각기 어머니가 기다리는 집으로 돌아갔다. 진저도 앞으로는 착한 소녀가 되겠다는 약속을 하고 풀려났다.

오즈마는 지금까지 에메랄드 시의 어떤 왕보다도 훌륭한 여왕이 되었다. 아직 나이가 어리고 경험도 부족했지만, 에메랄드 시의 백성들을 공정하고 지혜롭게 다스렸다. 글린다가 현명한 조언을 해준 덕분이었다. 오즈마가 할 일이 점점 복잡해지고 많아지자, 교육부 장관으로 임명된 워글벌레도 커다란 도움이 되었다.

오즈마는 그동안 많은 수고를 한 검프에게 감사의 뜻으로 원하는 것은 무엇이든지 들어주겠다고 말했다.

"그렇다면 저를 다시 떼어내주십시오."

검프가 진지하게 대답했다.

"저는 더 이상 살고 싶지 않습니다. 이렇게 잡동사니를 모아서 만들어놓은 제 몸이 부끄러울 뿐입니다. 위풍당당한 제 뿔이 증명하고 있듯이, 저는 한때 숲속의 군주였습니다. 그런데 지금 저는 한낱 노예 신분이 되어 시키는 대로 하늘을 날아다니지 않으면 안됩니다. 부디 저를 본래 모습으로 되돌려 주시기 바랍니다."

오즈마는 검프의 머리를 떼어내도록 명령했다. 그리고 그것을 궁전 복도에 있는 벽난로 위에 걸어 두었다. 소파는 다시 둘로 나뉘어 접견실에 놓여졌다. 꼬리로 쓰였던 빗자루는 부엌에서 본래의 임무를 다하게 되었다. 마지막으로 허수아비가 자신이 가져온 끈과 밧줄을 모두 제자리에 가져다 놓았다.

여러분들은 아마 이것으로 검프의 인생이 끝났다고 생각할 것이다. 물론 하늘을 나는 물건으로서의 인생은 마지막이었다. 하지만 그 이후로도 벽난로 위에 걸린 검프는 기분이 내킬 때마다 말을 할 수 있었다. 그러므로 여왕의 접견을 기다리며 복도에 앉아 있던 사람들은 불쑥 질문을 던지는 검프의 머리를 보고 기절할 듯이 놀라곤 했다.

오즈마 여왕의 개인 소유물이 된 목마는 좋은 대접을 받으며 살게 되었다. 가끔씩 여왕은 목마를 타고 에메랄드 시의 거리를 지나가곤 했다. 여왕은 목마의 다리가 닳아 없어지지 않도록 황금 말굽을 씌워주었다. 목마가 황금 말굽을 딸깍거리며 거리를 지나갈 때면, 백성들은 경이로움에 가득 찬 눈길로 여왕이 지닌 엄청난 능력을 보여주는 이 놀라운 증거를 바라보았다.

"위대한 마법사 오즈도 오즈마 여왕만큼 신기한 마법을 부리지는 못했어."

사람들은 서로 수군거렸다.

"오즈는 자신이 할 수 없는 것도 할 수 있다고 허풍을 떨곤 했지. 하지만 우리의 새로운 여왕님은 아무도 기대하지 못했던 수많은 일들을 해냈단 말이야."

호박머리 잭은 마지막날까지 오즈마 공주와 함께 살았다. 하지만 잭이 두려워했던 것처럼 그의 머리는 그렇게 금방 상하지는 않았다. 물론 멍청한 것은 평생 변함이 없었다. 워글 벌레는 잭에게 예술과 과학을 가르치려고 애를 썼다. 하지만 잭은 너무나 형편없는 학생이었기 때문에, 그를 가르치려는 시도는 번번이 실패로 돌아갔다.

글린다의 군대가 자기 나라로 돌아가자, 에메랄드 시는 평화를 되찾았다. 양철 나무꾼은 이제 자신의 왕국인 윙키들의 나라로 돌아가고 싶다고 말했다.

"사실 나의 왕국은 그렇게 크지 않아요."

나무꾼이 오즈마에게 말했다.

"하지만 바로 그런 이유 때문에 다스리기가 훨씬 더 쉽죠. 나는 스스로를 황제라고 부르고 있어요. 왜냐하면 나는 절대 군주니까요. 개인적으로나 공적으로나 내가 어떤 행동을 해도 아무도 방해하는 사람이 없어요. 이제 성으로 돌아가면 나는 새로 니켈 도금을 할 생각이에요. 이번 여행 동안 여기저기 긁히고 흠집이 났거든요. 그 일이 끝나면 여러분들 모두 방문해 주세요."

"고마워요."

오즈마가 대답했다.

"언젠가는 당신의 초대를 받아들이겠어요. 그런데 허수아비는 어떻게 할 건가요?"

"나는 양철 나무꾼과 함께 갈 겁니다."

허수아비가 진지한 표정으로 말했다.

"앞으로 다시는 헤어지지 말자고 약속했답니다."

"그리고 나는 허수아비를 우리 왕실의 재무상으로 임명했습니다."

양철 나무꾼이 설명했다.

"몸 전체가 돈으로 가득 찬 왕실 재무상이 있다면 정말 멋진 일 아닙니까? 좋은 생각이죠?"

"그렇군요."

어린 여왕은 빙그레 미소를 지었다.

"당신의 친구는 이 세상에서 가장 부자일 겁니다."

"그 말이 맞습니다."

허수아비가 대답했다.

"하지만 그건 제 몸에 들어 있는 돈 때문이 아닙니다. 나는 모든 면에서 돈보다는 뛰어난 머리가 훨씬 더 좋은 것이라고 생각합니다. 머리는 없고 돈만 가진 사람이라면 그 돈을 적절히 사용할 수도 없을 것입니다. 반면 돈은 없지만 뛰어난 머리를 가진 사람이라면 죽을 때까지 편안하게 살 수 있을 것입니다."

"그렇지만 아무리 뛰어난 머리도 따뜻한 마음을 만들어낼 수는 없다는 사실을 자네도 인정해야 할 걸세.”

　양철 나무꾼이 단호하게 말했다.

　“그것은 돈 주고도 살 수 없는 것이지. 그러니까 결국 세상에서 가장 커다란 부자는 바로 나일 거야.”

　“두 사람 모두 부자입니다.”

　오즈마가 다정하게 말했다.

　“그대들이야말로 진정한 부자예요. 만족할 줄 아는 부자 말이죠!”

〈오즈의 마법사 시리즈 2권 끝〉

영원한 나라, 오즈

최 인 자(문학평론가)

『위대한 마법사 오즈』를 즐겁고 재미있게 읽어본 경험이 있는 독자라면 이 책을 보고 깜짝 놀라지 않을 수 없을 것이다. 그리고 의심스러운 듯이 고개를 갸우뚱할 것이다. 설마 이 책이……. 그렇다. 『환상의 나라 오즈』는 L. 프랭크 바움이 쓴 『위대한 마법사 오즈』의 진짜 후속편이다. 『위대한 마법사 오즈』가 모든 이야기의 끝이 아니었던 것이다. 오즈의 나라에 대한 이야기를 더 듣고 싶어했던 수많은 친구들에게는 정말 기쁜 소식이다.

'도로시와 마법사 오즈가 떠난 오즈의 나라는 어떻게 되었을까? 왕이 된 허수아비와 양철 나무꾼은 과연 훌륭하게 나라를 다스릴 수 있었을까?'

여러분들이 궁금하게 여겼던 이런 모든 이야기들이 『환상의 나라 오즈』에 씌어져 있다. 그뿐만 아니라 『위대한 마법사 오즈』에는 나오지 않았던 놀라운 모험과 멋진 새 친구들이 등장한다.

L. 프랭크 바움이 1900년에『위대한 마법사 오즈』를 처음 발표했을 때, 이 동화가 그토록 선풍적인 인기를 끌 것이라고는 미처 예상하지 못했다. 그 전까지 바움은 변변한 직업도 없이 하는 일마다 실패를 거듭해온 사람이었던 것이다. 그가 또 하나 생각하지 못한 일이 있었는데, 그것은 바로 수많은 아이들이 오즈의 나라에 대한 다음 이야기를 듣고 싶어하리라는 것이었다. 저자의 서문에 나오는 것처럼『위대한 마법사 오즈』가 나온 이후로 거의 매일같이 출판사와 바움의 집에는 후속편을 기대하는 아이들의 편지가 산더미처럼 쌓였다.

하지만 바움은 오즈의 나라에 대한 이야기를 더 이상 쓸 생각이 없었다. 그러므로『위대한 마법사 오즈』를 발표한 뒤로 3년 동안 완전히 새로운 내용을 소재로 한 다섯 편의 환상 소설을 출간했다. 다행인지 불행인지 그 소설들은 모두 인기를 끌지 못하고 금방 잊혀져 버렸다. 사람들은 바움에게서 오직 한 가지 이야기만을 듣고 싶어했는데, 그것은 바로 오즈의 나라에 대한 이야기였던 것이다.

결국 독자들의 뜨거운 성원과 작가 자신의 재정적인 필요에 의해 1904년 바움은『위대한 마법사 오즈』의 후속편인 『환상의 나라 오즈』를 출간했고, 책을 애타게 기다렸던 아이들의 열렬한 환영을 받았다.

이 후속편에는『위대한 마법사 오즈』에 나오지 않은, 오즈의 나라에 대한 여러가지 새로운 사실들이 소개된다. 첫 번째로『위대한 마법사 오즈』에서 도로시와 친구들이 가보지 않은 유일한 나라인 북쪽 나라가 등장한다. 북쪽 나라에는 길리킨들이 살고 있으며 이곳의 색깔은 보라색이다. 이 나라에 몸비라는 마녀 할머니의 집에서 살고 있는 고아 소년 팁이 바로 후속편의 주인공이다.

팁은 어느 날 우연히 호박과 나무토막을 가지고 사람 모양의 커다란 인형을 만든다. 그런데 몸비의 마법 덕분에 호박 인형이 살아서 움직이게 되고 팁은 그에게 호박머리 잭이라는 이름을 붙여준다. 그들은 마음씨 고약한 몸비를 피해서 에메랄드 시를 향해 달아난다. 그리고 살아 있는 목마와 진저 장군, 하늘을 나는 검프, 워글 벌레와 같은 신기하고 재미있는 등장 인물들을 수없이 만나게 된다.

물론 우리는『위대한 마법사 오즈』에 등장했던 허수아비와 양철 나무꾼과 같은 반가운 친구들도 만날 수 있다. 그런데 그들은 전편에서보다는 훨씬 더 인간에 가까운 모습으로 나타난다. 예를 들어 허수아비는 자신의 지혜를 자랑하고 싶어하며, 양철 나무꾼은 외모를 치장하고 꾸미고 싶어하는 허영심을 가지고 있다. 그럼에도 불구하고 친구에 대한 우정과 따뜻한 마음씨는 예전과 전혀 다를 바가 없다.

그리고 마법사 오즈가 처음에 어떻게 에메랄드 시의 왕이 될 수 있었는지 그 사실이 밝혀진다. 마법사 오즈가 사막을 건너오기 전에 에메랄드 시를 다스리고 있었던 것은 바로 패스토리아 왕이었다.

오즈는 이 왕을 내쫓고 왕의 유일한 자식이었던 오즈마 공주를 어딘가에 숨겨 버렸던 것이다.

남쪽의 착한 마녀 글린다는 오즈마 공주를 찾아 에메랄드 시의 왕위를 물려주려고 애를 쓴다. 그리고 마침내 오즈마 공주를 찾아내고 모두들 진심으로 기뻐한다.

혹시 『환상의 나라 오즈』에 도로시가 나오지 않아 실망하는 독자들이 있을까? 혹은 이것으로 오즈의 나라에 대한 소식을 영영 듣지 못하게 될까봐 걱정하는 친구들도 있지 않을까? 그렇다면 마지막으로 여러분들에게 멋진 소식 한 가지를 전해주겠다. 머지 않아 도로시가 오즈의 나라로 다시 돌아왔다는 소식을 듣게 될 것이다. 그리고 오즈의 나라에 대한 이야기는 앞으로도 계속될 것이다. 여러분이 오즈의 나라를 항상 기억하고 잊지 않는다면 말이다. ♣

오즈의 마법사 시리즈 2

환상의 나라 오즈 L. 프랭크 바움 지음

옮긴이 최인자
연세대학교 영어영문학과와 동 대학원 졸업.
1992년 조선일보 신춘문예 평론 당선으로 등단, 문학평론가.
번역서에는 『재즈』, 『천 그루의 밤나무』, 『톰 소여의 아프리카 모험』
『바로 그 이야기들』, 『해리포터와 불의 잔』 등이 있음.

지도 및 본문 컬러 작업 김은영
www. msp21.co.kr

초판 1쇄 발행일 2000년 3월 10일 | 개정판 4쇄 발행일 2023년 10월 23일
옮긴이 최인자 | 펴낸이 김종해 | 펴낸곳 문학세계사
주소 서울시 마포구 신수로 59-1(04087) | 전화 702-1800
홈페이지 www.msp21.co.kr
팩스 702-0084 | 출판등록 제21-108호(1979. 5. 16)

ISBN 979-11-93001-33-2 03840